Eine Weihnachtszicke zum Verlieben

Tara Princeley

Eine Weihnachtszicke zum Verlieben

Liebes-Kurzroman

Erste Druckauflage
Berlin
Oktober 2020

Bibliografische Information der Deutschen Nationalbibliothek:
Die Deutsche Nationalbibliothek verzeichnet diese Publikation
in der Deutschen Nationalbibliografie; detaillierte
bibliografische Daten sind im Internet über http://dnb.dnb.de
abrufbar.

ISBN: 9783752623840

Herstellung und Verlag: BoD – Books on Demand, Norderstedt

Inhaltsverzeichnis:

Vorschau:

Kapitel 1

„Seven? Seven!"
Laut hallten die Rufe meiner Mutter durch den Flur bis hinauf in die erste Etage, wo sich mein Zimmer befand. Ihre Stimme klang ungeduldig, fast schon schrill, so wie immer, wenn sie etwas von mir wollte.

„Severina! Jetzt komm endlich runter. Ich muss etwas Dringendes mit dir besprechen."

„Ich komm ja schon, Mama", maulte ich und quälte mich aus meinem Bett hervor. Ich ärgerte mich ein wenig darüber, dass meine Mutter meinen vollen Namen rief. SEVERINA. Aber wenn sie das vergessen hatte, nämlich die Tatsache, dass ich es hasste, so angesprochen zu werden, dann musste das Anliegen in der Tat wichtig sein.

Gähnend streckte ich mich kurz in alle Richtungen, bevor ich mich in meine enge, schwarze Röhrenjeans quetschte. Nun noch ein frisches, schwarzes T-Shirt von der Kleiderstange und meine graue Strickjacke und schon stapfte ich die Wendeltreppe hinunter.

„Wie siehst du denn aus?", lachte meine Mutter sofort, als sie mich wenig später in der Küche erblickte. „Du hättest dir wenigstens mal deine lange Mähne kämmen können."

„Ich hab' geschlafen. Jetzt drängle doch nicht so", brachte ich genervt hervor, während ich herzhaft gähnte.

Doch meine Ma schüttelte nur verständnislos den Kopf.

„Wie kann man denn am Nachmittag schlafen? – Die Schule muss ja neuerdings anstrengend sein. Nun, komm', setz dich zu mir."

Einladend zog sie einen der Küchenstühle zurück und bat mich mit einer Handbewegung, Platz zu nehmen.

„Schau, ich habe Tee gekocht – Roibusch-Tee mit Vanille und ich habe Kipferl mitgebracht."

„Fein."

Angenehm überrascht setzte ich mich zu ihr und ließ den Blick über den hübsch gedeckten Nachmittagstisch schweifen. Dann probierte ich einen der Kipferl und sah meine Mutter fragend an:

„Wie komme ich denn zu dieser Ehre?"

„Dein Vater hat mir heute eine E-Mail geschickt. Claudia hatte letzte Nacht einen Blinddarmdurchbruch und muss mindestens eine Woche im Krankenhaus bleiben."

„Ach du Schreck." Beinahe hätte ich mir beim Kauen auf die Zunge gebissen. Doch die Kipferl schmeckten einfach zu gut. Schnell kaute ich zu Ende und schob noch einen zweiten hinterher.

„Ja, und Papa möchte nun, dass du zu ihm kommst. Nach Berlin!"

Nun hatte ich mich doch verschluckt. Ich hustete und saß mit einem Ruck aufrecht, während mir meine Mutter auf dem Rücken herumklopfte. Als ich mich wieder eingekriegt hatte, wischte ich mir langsam mit meiner Serviette den Puderzucker von den Lippen und starrte sie an.

„Wann denn?", fragte ich entgeistert.

„Na, am besten schon dieses Wochenende. Bis Freitag kann seine Mutter nachmittags auf die Zwillinge aufpassen, aber am Wochenende muss sie sich davon erholen."

Und als meine Mutter mein fassungsloses Gesicht sah, legte sie mir schnell die Hand auf den Arm. „Es wäre doch nur über die Weihnachtsfeiertage, Seven."

„Ja, eben. Du weißt genau, dass ich Weihnachten hasse. Ich fahre nicht umsonst immer nur zu Ostern und in den Sommerferien zu Papa. An Weihnachten gehe ich mit Lara in einen coolen Club und zwar für alle drei Feiertage. Wir haben schon Karten gekauft!"

Meine Mutter nickte verständnisvoll.

„Das ist in der Tat sehr ärgerlich. Aber wir machen das wieder gut, Seven. Bitte. Papa kann sonst so kurzfristig niemanden fragen. Und auch er ist deine Familie."

Wenig später saß ich wieder oben auf meinem Zimmer und haderte mit mir und der Welt. Ich hatte zwei graue Kerzen angezündet und zusätzlich die gelbe Lichterkette mit den kleinen Totenköpfen ans Netz angeschlossen, die ich noch von Halloween hatte. Bestimmt eine ganze Stunde saß ich so im mäßig beleuchteten Zimmer und sah hinaus auf die dunkle, regennasse Straße. Jetzt Ende Dezember war es schon ab sechzehn Uhr stockdunkel. Ich liebte diese dunkle Jahreszeit und die Einsamkeit und Stille, die sich dann über alles legte. Bis die Vorweihnachtszeit begann. Und plötzlich an jedem Fenster glitzernde Lichterketten, ständig lachende Gesichter und Tannengrün auftauchten. In der Schule wurden Gedichte und klassische Musikstücke vorgetragen. Und die Lehrer bemühten sich, Gesprächsrunden einzuläuten, bei denen es verstärkt um Menschlichkeit, Mitgefühl und Verständnis füreinander ging. Schwer atmete ich aus.

Ich hatte keine Lust auf dieses Geschwafel. Ein Fest der Liebe? Seit Toms Tod im letzten Jahr für mich bestimmt nie wieder. Und das war auch der Grund, warum mich der anstehende Besuch bei meinem Pa so belastete: Denn genau wie Claudia, die Mutter meiner Halbgeschwister, hatte auch mein Freund Tom einen Blinddarm-Durchbruch erlitten. Nur leider hatte man das bei ihm im letzten Jahr zu spät erkannt.

Kaum hatte ich diese Gedanken zu Ende gedacht, flossen mir auch schon die Tränen die Wangen hinunter. Genau ein Jahr war das nun her, dass Tom gestorben war - doch verarbeitet hatte ich diesen Schmerz noch lange nicht.

Tom war mein erster richtiger Freund gewesen und wir hatten noch so viel zusammen vorgehabt. Wir wollten beide das Abi schaffen und uns danach gemeinsam für ein Auslandsjahr bewerben bei irgendeiner Charity-Organisation und möglichst weit weg, vielleicht nach Afrika oder Indien. Doch seit er tot war, schmerzte jede Erinnerung daran, und ich wollte am liebsten gar nichts mehr werden. Vor allem das Lernen fiel mir seitdem schwer. Die Einzige, die es verstand, mich ein wenig aufzuheitern und mich aus dieser lähmenden Trostlosigkeit hinauszuzerren, war meine beste Freundin Lara. Aber auch das konnte ich wohl in diesen Weihnachtsferien knicken.

Denn ob ich wollte oder nicht - ich musste wohl nach Berlin fahren. Ich konnte meinen Vater einfach nicht im Stich lassen.

Kapitel 2

Hin und her schuckelte der Reisebus über die Autobahn. Noch eine halbe Stunde würde das so gehen. Vermutlich bleich wie Kreide blickte ich aus dem Fenster und ärgerte mich mittlerweile zum hundertsten Mal, dass ich auf das Flugticket verzichtet hatte.

Wenn ich vorher gewusst hätte, welche Fahrt mich in diesem klapprigen Omnibus erwarten würde, hätten mich keine tausend Pferde dort hineinbekommen. Von einem bekannten Reiseveranstalter hatte ich etwas Besseres erwartet.

„Aber Reisebusfahren ist ja so cool."

Keine Ahnung, wie Lara darauf gekommen war. Genervt schüttelte ich den Kopf. Ich beneidete Lara wirklich sehr. Denn die durfte daheim in Hamburg bleiben und während der Weihnachtsfeiertage mit der ganzen Clique in einen der coolsten Clubs von Hamburg gehen, während ich nach Berlin fahren musste, um den Kindersitter für die Gören zu spielen, die mein Vater dort mit einer anderen Frau hatte. Unwillig fingerte ich an meinen Kopfhörern herum. Noch nicht einmal richtigen Empfang hatte man in diesem Gefährt, so dass ich mich während der ganzen Fahrt wohl oder übel aufs Musikhören beschränken musste. Und das einzige was ich aktuell draufhatte, war die Musik der Band STERNEN-ZORN und von Xavier Naidoo. Ich entschied mich für das Letztere. Das kam zur Zeit meiner traurigen Stimmung am nächsten.

Wenige Sekunden später tönte der sentimentale, jazzige Schmuse-Sound durch meine Ohren und versöhnte mich ein wenig mit meinem Elend. Gott sei Dank dauerte die Fahrt von Hamburg nach Berlin nur knappe drei Stunden.

Wenig später kam der olle Reisebus schwerfällig auf dem zentralen Berliner Omnibusbahnhof ZOB zum Stehen. Er war nicht der einzige. Aus allen größeren Städten Deutschlands trudelten nun nach und nach die Busse ein und entließen Reisegruppen mit Senioren, quer durcheinander gewürfelten Touristen von wer weiß woher und einige jüngere Leute mit Rucksack, die sich keine andere Reisemöglichkeit leisten konnten und die nicht unbedingt trampen wollten. Es war ein einziges Kommen und Gehen, ein Begrüßen und Verabschieden.

Als ich irgendwann an der Reihe war, die steile Eisentreppe aus dem Bus wieder hinunterzukraxeln, zum endlich auf Berliner Boden zu stehen, hörte ich sofort aufgeregte Rufe.

„Seven, Seven! Hier sind wir!"

Wenig später hatten sich auch schon ein Junge und ein Mädchen, beide sieben Jahre alt, in meine Arme geschmissen und quasselten munter auf mich ein.

„Das ist so cool, dass du kommst. Papa hat gesagt, wir dürfen jeden Tag auf den Weihnachtsmarkt mit dir und in den Zoo, wenn du willst. Ja und Papa hat auch gesagt, wir sollen ins „Bambooland" gehen ..."

„Hallo Mia, hallo Timmy! Mensch, ihr Mäuse, ich freu mich auch", brachte ich überrascht heraus, denn wider Erwarten freute ich mich tatsächlich über meine quirligen Halbgeschwister. Es schmeichelte doch, wenn man so im Mittelpunkt stand.

„Lasst mich mal los, ihr zwei. Ich muss meine Beine wieder beweglich kriegen. - Jetzt sagt bloß nicht, ihr seid schon wieder gewachsen?"

Mit einem Rumps ließ ich meinen, mit Nieten und Stickern besetzten grauen Rucksack auf den Asphalt-Boden fallen und streckte mich vorsichtig in alle Richtungen. Ich musste noch auf meine Reisetasche warten, die am Anfang der Fahrt im seitlichen Gepäckraum des Busses verstaut worden war.

„Severina!"

Auf einmal stand auch mein Vater vor mir. Mein Vater, den ich seit den Sommerferien nicht mehr gesehen hatte. Er sah schmaler aus als sonst und hatte neue Sorgenfalten auf der Stirn.

„Oh, hallo Papa. Es war wirklich grauenvoll, so lange in diesem grässlichen Bus zu sitzen, das mach ich nie wieder."

„Du weißt, ich hab' dir das Flugticket angeboten."

„Ja, ist schon gut. Aber nenn' mich bitte nicht Severina, du weißt, dass ich das hasse!"

Vorwurfsvoll blickte ich meinen Vater an. Doch der winkte nur grinsend ab und schnappte sich dann meine Reisetasche, die einer der Busfahrer nach meinen Anweisungen aus dem Gepäckraum herausgewuchtet und vor mir abgestellt hatte.

Mein Vater Peer war ein großer breitschultriger Mann, um die Vierzig und mit normalerweise sehr gepflegtem Äußeren – doch nun wirkte er ein wenig abgehärmt und müde. Es stresste ihn wohl sehr, dass Claudia im Krankenhaus lag. Er sah aus, als hätte er seit Tagen nicht mehr richtig geschlafen.

„Hübsche Stiefel hast du an", meinte er knapp, nachdem er mich von oben bis unten gemustert hatte. Dabei ließ er den Blick auch kurz über meine schwarze Lederjacke und meine schwarz lackierten Fingernägel wandern. Schließlich schmunzelte er und stapfte los Richtung Autoparkplatz. Genervt verkniff ich mir meinen Kommentar und lief hinter ihm her. Mia und Timmy waren schon vorausgerannt.

Als wir wenig später alle zusammen in der gemütlichen Familienkutsche, einem fünfsitzigem dunkelblauen Peugeot saßen, sah Peer wieder meinen genervten Blick und meinte:

„Ich mach's wieder gut, versprochen. Für die Osterferien kannst du dir einen zweiwöchigen Urlaub aussuchen, Sevi, ganz egal, wohin du willst."

„Na, das kann sich doch hören lassen. Danke, Papa."

In der Familienvilla angekommen, wurden wir noch auf dem Auto-Stellplatz im Vorgarten von einem kleinen schwarzweiß gefleckten Hund begrüßt, der kläffend auf uns zustürzte und von jedem gestreichelt werden wollte.

„Schau mal, Sevi. Das ist der Hund, den uns Papa vor vier Wochen gekauft hat. Der heißt Boomer."

Mit einem Satz wich ich zurück, strich mir mit der Hand einige Haarsträhnen aus dem Gesicht und versuchte krampfhaft, die Begrüßung mit dem kleinen, kläffenden „Irgendwas" so dezent wie möglich ausfallen zu lassen. Hunde mochte ich nicht wirklich. Und vor allem mochte ich keine weißen Hundehaare auf meinen schwarzen Jeans.

„Ach, wie süß", kam es trotzdem aus mir raus. „Das habt ihr mir ja gar nicht erzählt. Ich muss aber nicht auch noch Gassi gehen, Papa?"

Mit schmalen Augen taxierte ich meinen Vater, der mittlerweile schwungvoll die Autotüren zugeworfen hatte und mit meiner Reisetasche über der Schulter schwerfällig zur Haustür stapfte.

„Nein, keine Sorge, das macht zurzeit die Nachbarin", versicherte er mir etwas atemlos. „Die hat zur Not auch einen Schlüssel."

„Na, dann ist ja gut", entfuhr es mir mit einem erleichterten Seufzer. Dann betrachtete ich kritisch das Haus. Es war gerade mal ein Uhr mittags und draußen war es noch hell, trotzdem war nicht zu übersehen, dass nicht nur in den Fenstern, sondern auch über die ganze, äußere Häuserfront bunte Lichterketten angebracht waren. Und die leuchteten und blinkten bereits munter vor sich hin. Bei Anbruch der Dämmerung würden sie das ganze Grundstück wahrscheinlich in ein wahres Weihnachts-Wunderland verwandeln.

„Wow, das sieht ja richtig amerikanisch aus", bemerkte ich, und versuchte dabei meine Stimme nicht zu zynisch klingen zu lassen. „Sogar einen Rentierschlitten aus Lichterketten habt ihr im Vorgarten."

„Ja, Claudia, hat das mit den Kindern so ausgesucht. Innen drin ist allerdings noch gar nichts geschmückt, das kannst du ja dann heute oder morgen übernehmen."

„Ach, wie schön."

Kopfschüttelnd folgte ich meinem Vater und den Zwillingen endlich ins Haus. Timmy und Mia polterten sofort die Treppen hoch, um mir umgehend mein frisch entstaubtes Besucher-Zimmer zu zeigen. Eine Dachgeschoss-Kammer war es, die ich immer bezog, wenn ich meinen Vater und seine neue Familie besuchte. Eine Kammer mit einer langen Schräge und einem breiten, lila bezogenen Himmelbett. Das Himmelbett hatte ich mir mal mit zwölf Jahren ausgesucht, und nach wie vor fand ich es supergemütlich. Das moderne Fenster, das in die Seite gebaut worden war, die keine Schräge hatte, war gegenüber von dem Bett, zeigte direkt nach vorne zum Vorgarten hin und gab dadurch den Blick zur wenig befahrenen Anlieger-Straße frei.

Schnell warf ich einen ersten Blick nach draußen und konnte gerade noch einen jungen Mann mit zwei schwarzen Hunden sehen, der auf der anderen Straßenseite an unserem Haus vorbeilief und wohl zu den angrenzenden Grundstücken gehörte. Kurz stutzte ich und sah ihm hinterher. Er war groß und blond und trug weiße Turnschuhe, eine schwarze Jogginghose und einen grauen Sweater mit Kapuze.

Nun, auf alle Fälle gab es hier in der Gegend auch Leute in meinem Alter. Das war ja schon mal beruhigend.

Kapitel 3

Wenig später deckte ich mit meinen Halbgeschwistern den Mittagstisch. Peer, mein Pa, war schon wieder Richtung Krankenhaus gedüst, um Claudia Gesellschaft zu leisten und so hatten wir sturmfreie Bude. Ich ließ es mir daher nicht nehmen, den „Heavy Metal"-Kanal im Radio einzustellen. Nun tönte die Musik auf mittlerer Lautstärke durchs ganze Haus, während Mia und Timmy wild herumhopsten und zwischendurch versuchten, nach den ungewohnten Klängen zu tanzen. Na bitte, war doch gar nicht mal so schlecht hier! Auf dem Herd brodelten Spaghetti in einem hohen Topf, dazu sollte es Tomatensauce geben. Plötzlich klingelte es. Kläffend rannte Boomer, der kleine Hund, zur Tür.

„Wer kann denn das sein? Bekommt ihr Besuch?" Überrascht hielt ich inne und drehte die Radio-Musik etwas leiser.

„Nein, das ist nur die Nachbarin", rief Timmy mir zu und war schon zur Tür gestürmt. Neugierig ging ich hinterher und blieb wenig später wie angewurzelt stehen.

Die „Nachbarin" war ungefähr zwanzig Jahre alt, trug eine schwarze Jogginghose, weiße knöchelhohe Sportschuhe und einen dicken, hellgrauen Sweater mit Kapuze.

„Hi", tönte mir eine Sekunde später eine markante Stimme entgegen. Und die gehörte zu einem verdammt gutaussehenden, jungen Mann, und zwar zu genau dem jungen Mann, den ich vor ungefähr einer halben Stunde noch von meinem Zimmerfenster aus gesehen hatte. Nun stand er also in unserer offenen Haustür, hatte ein sehr breites Grinsen aufgesetzt und strich sich verlegen durch seine blonden, vom Wind verwuschelten Haare.

„Sind Sie das Kindermädchen?", fragte er dann und hatte es in seiner Überraschung tatsächlich geschafft, mich zu siezen.

„Haha, sehr witzig." Mit der Spaghetti-Zange bewaffnet kam ich näher und starrte den Ankömmling irritiert an. „Darf ich fragen, wer Sie überhaupt sind?"

„Das ist doch die Nachbarin", tönte Timmy fröhlich, und hatte dem Typen bereits Boomers Halsband mit der Hundemarke in die Hand gedrückt.

„Nun, vielmehr bin ich Dylan, der Sohn der Nachbarin", korrigierte der junge Mann, der also Dylan hieß. „Neu zugezogen, übrigens. Meine Mutter hat das Haus vor drei Monaten übernommen."

„Und das ist unsere Schwester Seven, die kommt aus Hamburg!", mischte sich nun Mia ein, die mittlerweile auch aus der Küche gekommen war.

„Aha", pfiff Dylan erstaunt durch die Zähne. „Ihr habt also eine große Schwester?" Etwas ungelenk bückte er sich und versuchte dabei, mich unauffällig zu mustern, während er sich bemühte, dem herumwuselnden Boomer das Halsband anzulegen.

„Ich fahr mal eine Stunde raus aufs Feld mit ihm, das mache ich sowieso mit unseren beiden Hunden, ist schon okay", erklärte er mir dann knapp. „Man sieht sich."

Und schon war er wieder draußen.

Ich versuchte, eine gelangweilte Miene aufzusetzen und nickte, stand aber immer noch wie versteinert in der Tür. Wieso sah der Typ nur so verdammt gut aus? Doch dann riss ich mich zusammen. Nach der ganzen Sache mit Tom hatte ich von Kerlen sowieso die Nase voll. Ich wollte keinen Typen mehr ranlassen. Auch wenn Lara mir ständig in den Ohren lag, dass das genau der falsche Weg sei, Tom zu vergessen. Aber Tom vergessen? Wollte ich das überhaupt? Gedanken wie diese flitzten mir durch den Kopf, als ich Sekunden später beobachtete, wie Dylan mit Boomer zu einem safarigrünen Range Rover ging, der draußen in unserer Einfahrt geparkt hatte. Auf dem Beifahrersitz saß eine Blondine in ungefähr meinem Alter, und war emsig damit beschäftigt, in ihrem Smartphone herumzutippen. Soweit man das jedenfalls aus der Ferne erkennen konnte.

Zu meinem großen Erstaunen, merkte ich einen leichten Eifersuchts-Stich in meiner Brust, musste aber sofort schmunzeln. Also das konnte mir doch wirklich egal sein, mit wem dieser Typ hier auftauchte und anschließend durch die Gegend fuhr. Doch mein Unterbewusstsein schien anderer Meinung zu sein, denn mein Herz hörte einfach nicht mehr auf zu hämmern.

Aus dem hinteren Teil des Autos hörte ich heiseres Gebell. Die beiden schwarzen Hunde von heute Morgen lehnten sich beim Tür-Öffnen kurz heraus, zogen sich dann aber mit Boomer sofort wieder ins Wageninnere zurück. Dylan schlug die hintere Tür dann mit einem Schwung zu, kletterte vorne hoch auf den Fahrersitz, startete den Wagen und war verschwunden. Richtung Teltow, mit den Hunden aufs Feld.

„Dylan hat Labranudels", grinste Timmy, „weil seine Mutter eine Allergenikerin ist."

„Labrodoodles meinst du wohl", konterte ich und schob den jungen Mann zurück ins Haus. „Das ist eine Hundemischung aus Pudel und Labrador."

Danach gingen wir in die Küche zurück und stürzten uns auf die Spaghetti.

Nach dem Essen wühlte ich unter Anleitung der Zwillinge in den vielen Kisten im Wohnzimmer herum, die Peer uns vor dem Essen noch aus dem Keller geholt hatte. Kisten über Kisten mit Weihnachtsschmuck.

„Du liebe Güte, das sollen wir alles noch bis Weihnachten aufhängen? Das ist doch schon in drei Tagen. Andere Leute schmücken Anfang Dezember. Wieso hängt bei euch noch nichts?"

„Seit Mama wieder arbeitet, hat sie keine Zeit mehr. Und Papa sagt, es reicht, wenn man kurz vor Weihnachten einen Weihnachtsbaum aufstellt und den dann schmückt."

Mein Reden!

Missmutig betrachtete ich erneut die Unmengen von Kugeln, Lichterketten und Glitzergirlanden, die Claudia letztes Jahr wahrscheinlich aus Zeitmangel achtlos und ungeordnet irgendwie in die Kartons zurückgeschmissen und dann schnell weggestellt hatte.

„Das dauert doch eine Ewigkeit, bis wir alles sortiert haben. Was haltet ihr davon, wenn wir uns einfach ein paar Lichterketten raussuchen - und ein paar rote Kugeln. Das reicht doch. Und wenn der Baum dann am Weihnachtsmorgen hergebracht wird …"

„ … hängen wir noch Schokoladen-Figuren dran", ergänzte Mia.

Später wollten die Zwillinge unbedingt noch für zwei Stunden ins Zoo-Aquarium und danach natürlich im Restaurant „Mc Donalds" zu Abend essen. Ich allerdings brachte überhaupt nichts herunter und begnügte mich mit einem Apfelsaft. Ich hatte Kopfschmerzen und mein Rücken tat mir weh. So fühlte man sich also gegen Abend, wenn man Hausfrau war. Der ganze Tag war generell viel zu stressig für mich gewesen. Das hatte schon mit der bekloppten Busfahrt angefangen. Sicher, meine Geschwister waren goldig, aber es nervte auch unheimlich, wenn man alle fünf Minuten angesprochen wurde, die absurdesten Fragen beantworten musste und die spinnigsten Gespräche führte.

„Warum sind Pommes immer gelb?"

Als wir gegen zwanzig Uhr endlich von unserem Nachmittags-Ausflug zurückgekehrt waren, war ich fix und fertig. Ich sehnte mich nach meinem stillen WG-Zimmer in Hamburg zurück. Wie froh war ich, als Mia und Timmy ganz von allein ins Bett wollten und ziemlich schnell eingeschlafen waren.

Gegen einundzwanzig Uhr kehrte mein Vater zurück. Er fand mich auf dem Sofa im Wohnzimmer, eingemummelt in einer Decke. Ich war tatsächlich beim Fernsehen eingenickt. Nachdem es ihm gelungen war, mich wieder halbwegs wach zu kriegen, tranken wir einen heißen Tee und suchten uns eine Serie bei *Netflix* aus. Nebenher versuchten wir, uns zu unterhalten.

„Wie geht es denn Claudia jetzt?", fragte ich irgendwann. „Ist es immer noch so schlimm?"

Sofort seufzte Paps und nickte. „Schön, dass du fragst. Da hat sich was entzündet und jetzt muss sie eine Weile flachliegen."

„Aber sie wird doch wieder, oder?"

Meine Stimme klang nicht nur besorgt, sie war es. Denn ob ich wollte oder nicht: Ich musste bei sowas sofort an Tom denken. Bei ihm war es mit dem Blinddarm schließlich auch nicht glimpflich verlaufen. Mein Vater tat mir echt leid. Selten hatte ich ihn so niedergeschlagen und abgekämpft gesehen wie heute.

„Ja. Sie wird wieder, aber das braucht Zeit. Würde es dir etwas ausmachen, bis Neujahr bei uns zu bleiben?"

Bittend sah er mich an.

Ich starrte einfach nur mit großen Augen zurück und es dauerte echt ein paar Sekunden, bis ich begriff, was er da gerade gefragt hatte. Aber irgendwie war es auch mal wieder so klar: Gab man den Erwachsenen den kleinen Finger, wollten sie sofort die ganze Hand.

„Frag' doch einfach wieder Claudias Mutter", entgegnete ich daher schnippisch. „Ich bin, glaube ich, nicht dafür geeignet, von früh bis spät auf Kinder aufzupassen. Ich meine, das ist ja toll, dass ihr eine Spülmaschine habt, aber die Wäscheberge. Hast du mal ins Badezimmer geguckt?"

Die letzten Worte waren etwas lauter aus mir herausgeschallt, als beabsichtigt. Erschrocken schielte ich zur geschlossenen Wohnzimmertür. Hoffentlich war die auch schalldicht. Ich hatte keine Lust, die Kids wieder aufzuwecken.

Auch Papa waren meine lautstarken Einwände gar nicht recht.

„Schreie bitte nicht, Sevi."

Pikiert starrte er mich an, doch dann schien er zu überlegen. Nach einer Weile meinte er:

„Wir könnten eine Putzfrau kommen lassen. Die kann einkaufen und einmal am Tag kochen. Ich werde noch heute Abend eine Agentur benachrichtigen. Hier in Berlin gibt's sowas."

Wenig begeistert stimmte ich zu. Eine Putzfrau? Das war nicht das, was ich wollte. Ich wollte hier weg, und zwar so schnell wie möglich.

„Paps", redete ich dann noch mal Klartext. „Ich werde übermorgen wieder nach Hause fahren. Weihnachten will ich nämlich mit Lara in einem Club feiern. Das hatten wir schon ganz lange geplant. Es wäre toll, wenn du bis dahin einen Ersatz für mich finden kannst, okay?"

Traurig sah mein Vater mich an, doch schließlich lenkte er ein und nickte kurz.

„Nun gut. Das ist natürlich deine Entscheidung. Aber bis zum Weihnachtsmorgen bleibst du noch? Es wird hier einen Brunch geben. Mit Punsch und allem Drum und Dran."

Gleichmütig stimmte ich zu, und rappelte mich dann auf, um mich in den Flur und nach oben in meine Dachkammer zu begeben. Ich war wirklich sehr müde. Doch bevor ich in meine Dachkammer schlüpfen konnte, bekam ich noch mit, wie es leise an der Haustür klopfte und der Nachbar-Typ von nebenan erneut den Hund zur Abendrunde abholte. Und ob ich wollte oder nicht:

Mein Herz klopfte schon wieder, und zwar so wild wie noch nie. Oh nein, bitte nicht. So toll fand ich den Kerl doch überhaupt nicht? Verdattert ging ich endlich über die Schwelle in mein Zimmer und schloss leise von innen die Tür.

Nachdenklich stand ich danach vor meinem kleinen Schminktisch und betrachtete mein Gesicht. Meine Wangen glühten und mein Herz klopfte immer noch. Zu meinem sonst sehr blassen Teint und den schwarzen Klamotten sah das schon richtig skurill aus. Wie doof aber auch! Gehörte das jetzt zu meinem neuen Alltag, dass hier ständig dieser Kerl auftauchte und meinen Kreislauf durcheinanderbrachte? Ich wollte überhaupt keinen Typen! Unwillig grummelte ich in mich hinein, während ich mich aus meinen Straßenklamotten schälte und nach Handtuch und Duschzeug griff.

Erstmal einmal duschen. Danach würde die Welt wieder anders aussehen. Eine halbe Stunde später fühlte ich mich tatsächlich wohlig erfrischt. In meinem Wandkleiderschrank fand ich noch einen dunkellila „Asbach-Uralt"-Bademantel, der aber frisch gewaschen war. Schnell kuschelte ich mich hinein und hüpfte in mein weiches lila Himmelbett. Es war doch nicht so schlecht, sich manchmal wie eine Prinzessin zu fühlen. Zu Hause, in meinem WG-Zimmer in Hamburg, schlief ich fast ebenerdig. Aus Bauhaus-Paletten hatte mir Günter, der Freund von Mama, ein mega-cooles Bett gezimmert. Mit integriertem Bücherregal, Kuschelkissen-Zone und Abstellfläche für Kaffeebecher und Co. Und natürlich war alles in Schwarz überzogen, oder zumindest in Grau oder Anthrazit. Also alles vollkommen anders.

Dadurch, dass ich gerade schon eine Stunde auf dem Sofa geschlafen hatte und mir soviel durch den Kopf ging, war ich zwar müde, aber irgendwie auch total aufgekratzt. Ich konnte jetzt unmöglich sofort wieder schlafen. Ungeduldig fingerte ich nach meinem Handy und schaltete es ein. Ich hatte es nachmittags einfach in der Nachtischschublade liegengelassen - so hatte ich das zu Hause mit meiner Mutter abgesprochen; einfach, damit ich mich besser um die Zwillinge kümmern konnte. Kaum war mein Handy wieder online, rasselten auch schon die ersten Nachrichten von meiner besten Freundin Lara ein. Ich klickte auf „den grünen Hörer" und hatte Glück: Lara hatte augenscheinlich auf mich gewartet.

Eine ganze Weile tauschten wir nun Nachrichten aus. Nicht nur ich hatte viel zu erzählen. Auch Lara hatte einen neuen Typen kennengelernt – mit einer total netten Clique. Von allen schickte sie mir Fotos. Ich wunderte mich. Die sahen alle total auf *Hip Hop* gestylt aus, ein paar waren sogar richtige Skateboard-Freaks.

„Wie schade, dass du nicht hier bist, wir könnten so cool alle zusammen losziehen."

„Das werden wir auch – du, glaube es mir. Spätestens übermorgen haue ich hier wieder ab", versprach ich.

Danach sagten wir uns *Gute Nacht.* Zufrieden stöpselte ich mir meine Kopfhörer in die Ohren und hörte auf meinem Handy noch eine Runde von meiner Lieblingsband STERNEN-ZORN. Das half mir immer am meisten, wenn mir zu viele Gedanken im Kopf herumschwirrten. Irgendwann aber musste ich doch eingeschlafen sein, und zwar obenauf auf der gesteppten Tagesdecke – einfach so im Bademantel. Als ich aufschreckte, war es fortgeschrittene Nacht. Nur die Lichterketten, die vorne zur Straße hin die gesamte Außenfront von Papas Haus beleuchteten, sorgten für ein schwaches Licht in unserem Vorgarten. Und die zwei alten Gaslaternen, die vor der Einfahrt auf der Straße standen.

Doch dann zuckte ich zusammen. Da waren doch Geräusche? War ich deswegen aufgewacht? Als die ersten Schrecksekunden vorbei waren, stand ich mit einem Ruck auf und schlüpfte in meine Plüschsocken, die achtlos neben dem Bett lagen.

Neugierig ging ich zum Fenster. Also vor Gespenstern hatte ich schon seit ungefähr zehn Jahren keine Angst mehr. Genau, wie schon den ganzen Tag, hingen die dunkelgrauen Vorhänge an meinem Zimmerfenster ordentlich zu beiden Seiten. Niemand hatte sich die Mühe gemacht, sie zuzuziehen -

und so konnte ich geradewegs hinausblicken. Und schreckte auch schon wieder zurück. Waren da etwa Einbrecher in Nachbars Garten?

Keuchend beobachtete ich, wie eine schwarz gekleidete Gestalt aus dem hinteren Teil vom Nachbar-Grundstück geschlichen kam. Dabei blickte sich die mysteriöse Erscheinung unsicher nach allen Seiten um und schlüpfte schließlich auf die Straße. Nicht nur die Klamotten waren schwarz, auch die Skimütze, die sich die Gestalt über den Kopf gestülpt hatte, so dass nur das Nötigste vom Gesicht hinauslukte.

Als Mr. Unbekannt weiter die Straße entlanghuschte – unter dem Arm trug er übrigens eine lange Rolle – kam er auch an meinem Fenster vorbei. Entsetzt hielt ich die Luft an. Der fahle Schein der Gaslaterne hatte kurz das Gesicht des Nachtwandlers erhellt und die Gesichtszüge freigegeben:

Es war Dylan ...

Kapitel 4

Am nächsten Morgen wurde ich erst wach, als Mia und Timmy aufgeregt an mir herumrüttelten.

„Los, steht doch auf", drängelte Mia. Sie war noch im Schlafanzug, hatte aber einen rosa Bademantel übergezogen.

„Was ist denn los? Jetzt sagt nicht, es hat geschneit?"

„Nein", meldete sich Timmy zu Wort. „Aber Dylan fährt mit uns zu einem Weihnachtsmarkt. Da gibt's richtige Rentiere."

„Oh, nee, wie bitte?" Alarmiert setzte ich mich auf. „Ich mag keine Tiere. Habt ihr das schon vergessen?"

Doch Timmy und Mia waren schon wieder auf der Treppe und rannten hinunter in die Küche. Ich dagegen rieb mir die Augen und schüttelte unwillig den Kopf. Das wurde ja immer turbulenter. Anscheinend erlebte ich hier in ein paar Tagen mehr, als sonst in zwei Monaten. Doch erst übermorgen war Weihnachten und bis dahin musste ich wohl oder übel hier ausharren. Auch wenn das bedeutete, echten Rentieren einen Besuch abzustatten. Und diesen mysteriösen Dylan wiederzusehen.

Seufzend ging ich ins Badezimmer, machte mich frisch und putzte mir die Zähne. Dann suchte ich mir frische schwarze Klamotten aus meiner Reisetasche, zog sie an und stapfte hinunter.

Mitten auf der Treppe aber blieb ich überrascht stehen. Mir wehte tatsächlich der Duft von frisch gebackenen Plätzchen entgegen. Das waren doch wohl nicht Vanille-Kipferl? Zusätzlich roch es nach frischem Kaffee und Eiern mit Speck.

Als ich in der Küche ankam, wurde ich von einer dicken Frau im Kittel begrüßt.

„Guten Morgen, junge Dame. Dein Vater hat mir Bescheid gesagt, dass du Unterstützung brauchst. Ich bin die Gisela und komme jetzt jeden Tag, bis eure Mutter wieder aus dem Krankenhaus kommt."

Zufrieden strahlte mich „Gisela" aus einem runden, gutmütigen Gesicht an, während sie sich ihre mehligen Hände unter dem fließenden Wasserhahn sauber wusch.

„Ach, wie nett, danke. Aber meine Mutter ist das nicht."

Irritierte setzte ich mich auf die Kante der Küchenbank und starrte auf die dicke, fremde Frau. Das war jetzt nicht wahr, oder? War das so eine Art Kindermädchen?

„Ich bin bloß die Tochter von meinem Vater", setzte ich versöhnlich hinzu, als ich Giselas kritischen Blick bemerkte. Die musterte mich daraufhin kurz von oben bis unten und wandte sich dann wieder der Frühstücks-Zubereitung zu.

„Ja, ja, ist schon gut", winkte sie ab. „Jetzt frühstücke erstmal und dann kommt gleich ein junger Mann und fährt euch in die Baumschule."

„In die Baumschule?" Verdattert saß ich da und starrte auf den Milchkaffee, den mir Gisela in die Hand drückte.

„Ja, wo es die Rentiere gibt", platzten die Zwillinge heraus.

„Genau", nickte Gisela. „Und den Weihnachtsbaum für morgen sollt ihr gleich von da mitbringen. Das hat dein Vater so organisiert. Weißt du das gar nicht?"

Ich zuckte nur gelangweilt mit den Schultern und beschloss, einfach nichts mehr zu sagen

Hungrig nahm ich mir einen Toast und ein wenig von dem Rührei und probierte auch das ofenfrische Gebäck. Meine Nase hatte mich nicht getäuscht. Es waren tatsächlich Vanille-Kipferl. Meine Lieblingskekse.

Eine halbe Stunde später tauchte schließlich „der junge Mann" auf.

„Aufi! Morgenstund hat Gold im Mund", flötete Dylan und hatte ein sorgloses Sunnyboy-Grinsen aufgesetzt.

Mit großen Augen starrte ich ihn an. Wieso hatte der bloß so gute Laune?

„Ach, tatsächlich?", erwiderte ich schnippisch. „Ich dachte, bei dir ist es eher die Abendstund?"

Ich versuchte, meine Stimme zu senken und dabei so provozierend wie möglich zu klingen.

Verwirrt blickte Dylan mich an und pustete sich dann eine dicke Haarsträhne aus dem Gesicht.

„Was meinst du?"

„Nun, jetzt sag bloß nicht, dass du schon ausgeschlafen hast?", wich ich aus. Denn natürlich hatte ich sofort wieder vor Augen, wie er in der Nacht zuvor durch seinen eigenen Garten geschlichen war. Misstrauisch beäugte ich ihn von oben bis unten. Schwarze Klamotten trug er keine mehr, dafür aber weiße, mittelhohe Chucks, statt der Jogginghose von gestern Mittag eine helle Bleach-Jeans und eine graue Stepp-Daunenjacke mit Kapuze. Warum hatte er bloß gestern spät nach Mitternacht in schwarzer Montur das Haus verlassen?

Doch Dylan ließ mir keine Zeit, darüber nachzugrübeln. Stattdessen versuchte er, sich über mich lustig zu machen.

„Jetzt komm mal, Chefin, wir müssen los. Die Fahrt dauert fast eineinhalb Stunden."

Oh, weh. Auch das noch. Aber da musste ich wohl durch.

Mit einem ziemlichen Flunsch zog ich mir wenig später zusammen mit den Zwillingen im Flur Jacke und Stiefel an. Danach schnappte sich jeder von uns noch einen von den Rucksäcken mit Wasserflasche und Wegeproviant, die Gisela uns zurecht gemacht hatte. Dann drängte Dylan zur Haustür hinaus und weiter zu seinem Range Rover, der mit offenen Türen in der Ausfahrt wartete. Mit Boomer, dem Hund, wollte Gisela später eine Runde drehen

Als wir schließlich in Dylans geräumigem Geländewagen saßen, war es mir ziemlich unangenehm, plötzlich so nah neben ihm zu sitzen. Denn natürlich musste ich auf den Beifahrersitz klettern, wo gestern noch die fremde Blondine gehockt hatte, während Timmy und Mia auf dem Rücksitz in ihren Kindersitzen festgeschnallt worden waren. Wie alt Dylan wohl sein mochte? Er wirkte wesentlich älter als ich, bestimmt war er schon Anfang zwanzig. Wenn mein Vater jetzt nicht diese Kutschfahrt organisiert hätte, also, ich wäre bestimmt nicht zu ihm ins Auto gestiegen.

„Was machst du eigentlich so? Studierst du irgendwas?", fragte ich ihn wenig später ohne große Umschweife.

Erstaunt blickte er mich an, während er sich bemühte, den Range Rover aus der Anliegerstraße hinauszufahren, um sich dann auf der angrenzenden Landstraße in den Verkehr einzufädeln.

„Ich studiere Kunst und Design. Allerdings auf Lehramt", antwortete er. „Und du? Gehst du noch zur Schule?"

„Ja", nickte ich knapp. Dann fragte ich unvermittelt weiter: „Und kriegst du hierfür eigentlich Geld?"

Überrascht schaute Dylan mich an und lachte. „Wofür?", fragte er dann. „Für's Studieren?"

„Nein." Nun musste ich auch lachen. „Ich meine dafür, dass du uns ständig hilfst."

„Ach so. Nein!" Dylan schüttelte entschieden den Kopf und erklärte: „Dein Vater hilft uns auch ganz viel. Er repariert oft irgendwelche Kleinigkeiten und berät uns bei vielen Sachen. So von Nachbar zu Nachbar. Mein eigener Vater ist vor einiger Zeit gestorben und meine Mutter ist da echt über jede Hilfe froh."

„Ach so. Eine Hand wäscht die andere."

„Ja, so kann man das wohl nennen."

„Und was macht deine Mutter so?", gab ich mir schließlich einen Ruck. „Ich meine beruflich?"

Unangenehm berührt blickte Dylan mich an. „Sie ist Ärztin", sagte er dann schnell.

„Ach so", erwiderte ich und wunderte mich darüber, dass ihn dieser Umstand verlegen machte. „Ich frag auch bloß, weil - ich hab' deine Mutter schließlich noch nie gesehen, dich aber schon viermal."

„Du meinst dreimal", korrigierte er mich sofort und hatte plötzlich einen wachsamen Zug um den Mund.

Und ob ich wollte oder nicht: Ich musste wieder lachen.

„Du zählst also mit, ja?", gluckste es kokett aus mir heraus. „Wie interessant." Doch schon zwei Sekunden später zwickte ich mich selbst kurz, aber strafend in den Arm. Ging es mir noch ganz gut?

Oder flirtete ich jetzt mit dem?

Allmählich wurde es peinlich. Um jede weitere Unterhaltung einzudämmen, kramte ich kurzentschlossen meine Kopfhörer heraus und begann, in meinem Handy nach dem geeigneten Sound zu suchen.

Doch Dylan war schneller. Mit sanftem Druck legte er seine breite Hand auf meine und hielt sie ganz fest. Erschreckt spürte ich, wie mich ein Blitz durchzuckte.

„Hey, was soll das?"

„Lass doch. Ich schalte das Autoradio ein."

„Aber bitte kein *Jingle Bells* oder so", hielt ich schnell dagegen und wich danach seinem Blick gekonnt aus. Machte er das etwa extra? Ahnte er, dass ich ihn in der vergangenen Nacht bei irgendwas beobachtet hatte?

Wieder klopfte mein Herz. Doch irgendwie mischte sich plötzlich auch eine leichte Angst dazu. Schließlich kannte mein Vater diesen Typen kaum. Ich meine, wenn er erst seit drei Monaten sein Nachbar war? Doch Dylan gab sich unbeschwert und hatte sich nach einigem Hin und Her mit den Kindern auf den richtigen Radiosender geeinigt: Radio Teddy!

Mir sollte es nur recht sein. Hauptsache wir brachten diese Fahrt so schnell wie möglich hinter uns. Morgen sah der Tag hoffentlich schon wieder anders aus. Und übermorgen würde ich zurück nach Hamburg fahren. So blickte ich einfach aus dem Fenster und ließ meinen Gedanken freien Lauf. Ich war noch nie zuvor in einem Geländewagen unterwegs gewesen und ließ mich irgendwann von der guten Laune meiner Halbgeschwister anstecken. Auf einmal spielten wir alle zusammen: „Ich sehe was, was du nicht siehst" oder sangen lauthals eines der Lieder mit, die im Familien-Radio liefen.

Und immer öfter passierte es, dass ich Dylan von der Seite her heimlich beobachtete. Eigentlich sah der voll süß aus. Zwar ganz anders als Tom, aber voll süß …

„Ist deine Freundin da nicht enttäuscht, wenn du ständig weg bist und sie nicht mitkann?", platzte es irgendwann aus mir heraus. „Ich meine, du bist ja mehrmals am Tag bei uns …"

Am liebsten hätte ich mir für den letzten Satz auf die Zunge gebissen, doch es war zu spät.

Überrascht sah Dylan mich an: „Du meinst gestern, ja? Das war meine Cousine - Und wenn es dich genau interessiert: Auch ich werde gleich in der Baumschule für mich und meine Mutter einen Weihnachtsbaum aussuchen. – Ich brauche also ganz einfach jemanden, der mir beim Schleppen hilft …"

Als wir auf dem großen Parkplatz der Baumschule angekommen waren, war ich überrascht, was dort für ein Trubel herrschte. Auto neben Auto. Sogar die Anliegerstraße an der freigegebenen Seite war zugestellt. Von überall her tönte aus irgendwelchen Lautsprechern Weihnachtsmusik und Kinder mit rot-grünen Luftballons und Zuckerwatte in der Hand lachten und liefen umher. Wir hatten Glück. Ein VW-Bus fuhr gerade raus und gab eine Parklücke frei, in die wir gut hineinpassten.

Erleichtert stiegen wir wenig später aus. Und knöpften erstmal unsere Jacken zu. Draußen war es ziemlich unwirtlich; ein leichter Nieselregen hatte eingesetzt. Gut, dass Mia und Timmy dicke Kapuzenjacken trugen. Auch Dylan war mit seiner grauen Daunenjacke gut gerüstet. Ich dagegen kramte umgehend meine schwarze Strickmütze hervor, die ich Gott sei Dank immer in einer meiner Lederjackentaschen für den Ernstfall mit mir herumtrug, und knöpfte meinen Kragen hoch.

„Mein Gott, ist das hier voll", nüllte ich, während wir uns einen Weg durch die Menge kämpften, um aufs Ausstellungs-Gelände zu kommen.

Die Baumschule war, das hatte mir Dylan während der Autofahrt lang und breit erklärt, bekannt für die schönsten Tannenbäume in der ganzen Umgebung. Und um möglichst viele Kunden von überall her anzulocken, hatten es sich die Betreiber zur Tradition gemacht, zusätzlich einen Weihnachtsmarkt mit schönem Kunsthandwerk anzubieten.

Jeder von uns nahm nun ein Kind an die Hand und schon stürzten wir uns ins fröhliche Getümmel. Es war Jahre her, dass ich auf einem richtigen Weihnachtsmarkt gewesen war. Ehe ich mich versah, kamen viele Erinnerungen hoch; und leider auch ein paar Erinnerungen, die mich richtig sentimental stimmten: Ich, als Kind und meine Mum und mein Dad. Nur wir drei ...

Doch Zeit, darüber nachzugrübeln, blieb nicht. Es gab einfach zu viel zu sehen. Neben dem Kunsthandwerk fanden sich selbstverständlich auch Stände mit Zuckerwatte, gebrannten Mandeln, Glühwein, Kakao und Punsch. Und natürlich durfte der Weihnachtsmann mit Rauschebart nicht fehlen, vor dem die Kinder geduldig Schlange standen, um Gedichte aufzusagen und um sich fotografieren zu lassen. Doch ich glaube, die noch größere Attraktion für die meisten Kinder war der hübsch geschnitzte Holzschlitten, vor dem vier Rentiere gespannt waren. Zufrieden standen sie da, ließen sich willig mit den Kindern und ihren Eltern fotografieren und knabberten dankbar am Heu und an den mitgebrachten Karotten.

Für Timmy und Mia war dieser Weihnachtsmarkt nicht neu. Trotzdem ließen sie es sich nicht nehmen, sich alles ganz genau anzusehen, auf jedem Karussell zu fahren und fast an jedem Stand eine Kleinigkeit zu kaufen: Von Zuckerwatte über gebrannte Mandeln bis hin zum Lebkuchengebäck. Irgendwann hatten wir endlich Zeit für das, wofür wir überhaupt hergekommen waren:

Wir erstanden zwei mittelgroße Weihnachtsbäume! Dabei lachten wir uns halbtot, bis es Dylan endlich gelungen war, die beiden Bäume mit unserer aller Hilfe mehr oder weniger fachgerecht mit einer Axt zu schlagen. Denn das musste man hier selbst erledigen. Gemeinsam wuchteten wir anschließend unsere beiden Schätze auf einen Bollerwagen, den wir uns bei dem Weihnachtsbaum-Verkäufer ausleihen konnten. Dabei kam ich meinem gutaussehenden Nachbarn immer wieder näher als mir lieb war. Und Dylan ging voll darauf ein. Es dauerte nicht lang und wir alberten herum, als wären wir schon immer so zusammengewesen. Nachdenklich schlenderte ich schließlich hinter ihm und den Kindern zum Parkplatz zurück. Irgendwie ging mir das mit dem Typen alles zu glatt.

Da es bereits dämmerte, beeilten wir uns, die Weihnachtsbäume oben auf dem Dachgepäck-Halter zu wuchten, und sie dort gut festzuschnallen. Danach schloss Dylan alle Türen auf, stellte schon mal die Heizung an und wischte die verregneten Fensterscheiben frei. Ich half Timmy und Mia, wieder in ihre Kinder-Autositze zu krabbeln und sich festzuschnallen. Und als ich endlich wieder auf dem Beifahrersitz saß, war ich erleichtert und kämmte mir mit den Fingern durch meine, vom Dauernieselregen ganz klammen Haare. Es war gut, wieder ein Dach über dem Kopf zu haben.

Doch in dem Moment als Dylan die Fahrertür öffnete und zu uns einsteigen wollte, geschah etwas Merkwürdiges:

Ein junges Mädchen, ungefähr in meinem Alter, rannte aus der Menge heraus laut winkend auf uns zu.

„Trevor? Trevor!"

Überrascht drehte sich Dylan um.

Das Mädchen hatte keine Mütze auf, ihre braunen langen Haare zu einem Pferdeschwanz gebunden, einen braunen Lammfellmantel an und war ungefähr so alt wie ich. Fröhlich grinsend schwenkte sie eine Bierflasche in der Hand.

Kapitel 5

Irritiert hielt Dylan inne und starrte das Mädchen fragend an. „Sorry, aber ich glaub nicht, dass wir uns kennen?"

Die vermeintlich Unbekannte warf den Kopf in den Nacken und lachte hysterisch auf.

„Also, auch wenn deine Bartstoppeln ab sind, Trevor-Schatz … An dein Gesicht kann ich mich gut erinnern. Du wolltest dich doch spätestens im Winter bei Eddy zurückmelden? Die Jungs warten auf ihre Kohle."

Hektisch blickte Dylan sich nach allen Seiten um und checkte den Parkplatz. Als er niemanden sah, stieg er zu uns ein. Schwungvoll schlug er die Tür zu, kurbelte, als er saß, aber sofort die Fensterscheibe herunter: „Das ist eine Verwechslung, ganz sicher. Ich heiße nicht Trevor. Ich kann dir gern meinen Führerschein zeigen, wenn du mir nicht glaubst."

„Wer ist denn die Frau?", fragte meine kleine Schwester Mia verunsichert, während mein Bruder Timmy bereits mit seinen Fingern die Luftfeuchtigkeit von den Fensterscheiben an seinem Platz gewischt hatte, um der Unbekannten frech die Zunge herauszustrecken. Schnell wies ich ihn zurecht.

„Mensch, Timmy lass das. Betrunkene soll man nicht provozieren."

„Ist die Frau denn betrunken?", fragte Mia und ich zuckte schnell mit den Schultern.

„Egal, wir hauen jetzt eh ab."

Das Mädchen draußen hatte unsere Worte zwar nicht gehört, beobachtete uns aber skeptisch durch die Fensterscheiben und drohte uns schließlich mit einem senkrecht erhobenen Mittelfinger. Es schien tatsächlich nicht die erste Bierflasche zu sein, an der sie sich gerade festhielt. Dylan fluchte leise vor sich hin, startete den Wagen und sah zu, dass er wegkam. In einem gekonnten Bogen preschte er aus der Parklücke an ihr vorbei und fuhr schnellstmöglich zurück zur Landstraße hinaus.

Das Mädchen im Lammfellmantel aber blieb im Regen stehen, wo sie stand und starrte unserem davonfahrenden *Range Rover* hinterher, bis uns endlich die aufkommende Dunkelheit verschluckt hatte.

„Was war denn das jetzt?", fragte schließlich auch ich, nachdem sich Dylan in den Verkehr eingefädelt hatte und wir wieder Richtung Heimat tuckerten.

Gequält blickte er mich an, bemühte sich aber zu meinem Erstaunen schnell, mit aufgesetzter Fröhlichkeit vom Thema abzulenken:

„Sollen wir jetzt wieder *Radio Teddy* hören, was meint ihr?", fragte er die hinten sitzenden Kinder, anstatt mir zu antworten. Timmy und Mia schrien natürlich begeistert „Ja!". Ich dagegen war sauer. Wieso hatte Dylan meine Frage ignoriert? Und als wenig später leise Musik zum gleichmäßig surrenden Motor unseres Wagens ertönte, waren Timmy und Mia schnell eingeschlafen. Der anstrengende Ausflug zeigte seine Wirkung. Und so saß ich plötzlich mehr oder weniger ganz allein mit diesem blonden, total gutaussehenden, mir aber immer suspekter werdenden „Nachbarn" in seinem coolen *Range Rover* und preschte eine einsame Landstraße entlang. Wieder fiel mir ein, was ich in der Nacht zuvor beobachtete hatte. Nicht, dass der Typ ein Krimineller war …

Stur blickte ich also geradeaus und nestelte nervös mit meinen Fingern an meinen Haarsträhnen herum. Tausend Gedanken schossen mir durch den Kopf. Da meine Haare immer noch klamm waren, hoffte ich inbrünstig, dass ich zu meiner schlechten Dauerlaune nicht auch noch eine Erkältung bekam. Bestimmt eine halbe Stunde fuhren wir so, ohne dass einer von uns ein Wort sprach. Die Kinder waren fest eingeschlafen und draußen war es mittlerweile mehr als stockdunkel. Zu meinem Unwillen musste ich zusätzlich bemerken, dass es sich bei dem

Niederschlag, der vom Himmel fiel, auch nicht mehr um Nieselregen handelte. Immer heftigere Bindfäden regneten herab, begleitet von einem immer stärker werdenden Wind, der die herunterfallenden Tropfen immer ungemütlicher gegen die Autoscheiben peitschte. Irgendwann drehte Dylan die Heizung höher.

„Also Schnee wäre mir jetzt lieber", flüsterte er mir zu, nachdem er sich vergewissert hatte, dass die Zwillinge tatsächlich schliefen. „Soll romantisch sein ..."

„Ach ja?", höhnte ich und starrte ihn entgeistert an. Wie kam er jetzt auf sowas? „Also ich mache mir viel mehr Sorgen um unsere schönen Tannenbäume. Die werden doch ganz nass da oben!"

Dylan winkte ab. „Das macht denen nix. Die stehen doch immer in der freien Natur. Aber wieso bist du eigentlich immer so zickig?"

„Zickig?" fragte ich noch eine Spur schnippischer: „Nun – vielleicht, weil ich liebend gern wissen würde, mit wem ich gerade in diesem Auto sitze. Ist das so schwer zu verstehen?"

Gespielt verdutzt blickte Dylan mich an: „Also, wenn ich mich vorstellen darf: Ich heiße Dylan und ich glaube auch nicht, dass sich sowas von einer Sekunde zur andern ändern kann."

Sofort zog ich meine Augen schmal – und ließ nicht locker.

„Ach ja? Und wer ist Trevor?"

Da flog ein schmerzvoller Schatten über Dylans Gesicht, insofern man das im Halbdunkel der Auto-Innenbeleuchtung überhaupt ausmachen konnte. Doch meine Frage beantwortete er mal wieder nicht. Ausweichend zuckte er mit den Schultern und stierte angestrengt vor sich auf die Autobahn.

Genervt spürte ich, wie mir eine Gänsehaut den Rücken entlangkroch und atmete aus. Also allmählich reichte es mir wirklich. Was war das nur für ein undurchsichtiger Typ?

Dylan reagierte sofort und versuchte mit etwas sanfterer Stimme einzulenken.

„Seven. Ich erzähl es dir später. Okay?"

„Warum nicht jetzt?", hakte ich nach. „Bitte, ich höre ….

Doch in der nächsten Sekunde erforderte etwas Anderes Dylans vollste Aufmerksamkeit:

Der Regen schüttete plötzlich wie aus Eimern aus dem Himmel. Die Scheibenwischer quietschten immer schneller hin und her, um uns einen einigermaßen freien Blick nach vorne auf die Fahrbahn zu ermöglichen. Nervös inspizierte ich die Geschwindigkeits-Anzeige zwischen den Vordersitzen, die Temperaturanzeige und die Uhr. Wenn die Uhr richtig ging, war es gerade mal siebzehn Uhr und draußen war es schwarz wie die Nacht! – Für Ende Dezember ja eigentlich auch nicht ungewöhnlich. Trotzdem machte es mich nervös, als ich sah, wie Dylan sich am Steuer immer mehr verkrampfte. Er hatte immer mehr Probleme, sauber durch die vielen Schlaglöcher zu kommen, die sich auf der Landstraße befanden. Er drosselte das Tempo immer weiter und fuhr plötzlich nur noch im Schritttempo. Also, bei dem Schneckentempo würden wir wahrscheinlich erst am nächsten Morgen wieder zu Hause sein.

„Willst du Weihnachten hier auf der Straße feiern?", meckerte ich ihn daher an. „Herrgott, ich will nach Hause."

Gehetzt blickte Dylan zu mir rüber. Es war nur ein einziger Blick, nur eine einzige Sekunde, in der er nicht auf die dunkle, regennasse Fahrbahn blickte, doch diese einzige Sekunde hatte schon gereicht, dass plötzlich etwas passierte, was nicht passieren sollte:

Ein Lastwagen war wie aus dem Nichts vor uns aufgetaucht. Nun schlitterte er mit ungefähr siebzig Sachen in einer breiten Pfütze von der Gegenfahrbahn - und direkt auf uns zu …

Kapitel 6

Als der Lastwagen auf uns zuraste, blieb mein Herz vor Schreck stehen. In Sekundenschnelle sah ich vor meinem inneren Auge mein Leben ablaufen. Und zwar genauso, wie man das immer in irgendwelchen Büchern las: Das Wichtigste, was man je erlebt hatte, spulte sich im Zeitraffer ab. Ich dachte nur noch: „So, das wars. Gleich ist alles vorbei." Aber auch: „Nein, das kann nicht sein! Ich will nicht sterben!"

Auch Dylan bäumte sich auf. Er fluchte laut und riss gleichzeitig, wie in Trance, das Steuer von seinem *Ranger Rover* nach rechts, drückte das Gaspedal durch und schaffte es gerade noch rechtzeitig, dem Lastwagen auszuweichen, der haarscharf an uns vorbeischrappte. Auch der Lastwagenfahrer hatte sein Lenkrad zur Seite gerissen und war auf die Bremsen getreten. Nun bemühte er sich, schlitternd und quietschend sein Fahrzeug unter Kontrolle zu bringen.

Wir dagegen standen längst. Dank Dylans Ausweichmanöver waren wir nicht nur dem LKW ausgewichen, sondern auch die Böschung runtergekullert, die sich am Straßenrand befand. Zuvor hatte unser Auto – begleitet von einem lauten Krachen - die Leitplanken durchbrochen und war drei bis vier Meter hinuntergerutscht. Dort war es frontal gegen den breiten Stamm eines uralten Baumes geprallt, so dass die unverhoffte Abfahrt beendet war. Besonders glücklich waren wir trotzdem nicht: Durch den heftigen Aufprall war die Windschutzscheibe an mehreren Stellen gesplittert und wir konnten die Türen nicht öffnen. Wir steckten regelrecht fest! Wie sollten wir hier nur wieder herauskommen?

Spätestens jetzt war ich dabei, die Nerven zu verlieren. Über uns Regen, und vor uns nur bergab wachsendes, undurchdringliches Gestrüpp und Wald. in meinen Augen standen Tränen und in meinem Mund fühlte ich den Geschmack von abgestandener Luft und Blut. Wahrscheinlich hatte ich mir selbst auf die Lippen gebissen. Schnell blickte ich zu Dylan. Zu meinem Entsetzen hing der mit dem Kopf leblos vornüber auf dem Steuerrad. Durch den Aufprall war er nach vorne geschleudert worden und hatte sich die Stirn am Armaturenbrett gestoßen. Im fahlen Licht der Autobeleuchtung sah ich deutlich, wie seitlich an seiner rechten Schläfe Blut hinunterlief. Doch er atmete! Erleichtert zwang ich mich, nicht hysterisch zu werden und versuchte, meine Fassung durch gezielt gleichmäßiges Atmen zurückzugewinnen: Einatmen, anhalten, ausatmen.

„Jetzt bloß nicht ausrasten, Seven!", flüsterte ich mir selbst Mut zu.

Im selben Augenblick fingen die Kinder an zu schreien. Durch den Aufprall waren sie aufgewacht und fürchteten sich zu Tode. Bibbernd und zitternd kauerte ich in meinem Sitz, und versuchte, Timmy und Mia wenigstens mit meinen Händen zu beruhigen. Denn ich konnte meinen Sicherheitsgurt nicht lösen und aus meinem Hals kam vor lauter Angst nur ein Krächzen.

Als mir meine Stimme wieder gehorchte, wandte ich mich tröstend meinen Geschwistern zu: „Mia, Timmy, bleibt jetzt bitte ruhig. Wir kommen alle gesund nach Hause, okay? Dylan hat bestimmt ein Telefon dabei."

Schnell nickten die zwei mit großen Augen und rissen sich zusammen.

„Dylan? Hörst du mich? Kannst du dich bewegen?", fragte ich besorgt und berührte ihn vorsichtig an der Schulter. Ohne, dass ich es sonderlich beachtete, liefen mir dicke Tränen die Wangen herunter. Ich hatte plötzlich eine Heidenangst um ihn, hatte Angst, dass er ernsthaft verletzt war. Aber Dylan reagierte sofort. Stöhnend versuchte er, sich zurückzusetzen und griff sich an die Stirn.

„Oh Mann, mein Kopf. Das tut so weh."

„Nun ja", meinte ich trocken. „Das gibt mindestens eine Gehirnerschütterung. Wieso hast du auch keine Airbags in deinem blöden Ding?"

„Hab' ich mal ausbauen lassen", presste Dylan hervor. Ängstlich musterte ich ihn und sofort legte sich vor Sorge wieder ein Schatten auf meine Brust. Wahrscheinlich waren auch seine Rippen geprellt.

„Dylan, wir müssen einen Krankenwagen rufen", drängte ich ihn. „Hast du dein Handy irgendwo?"

Mit schmerzverzerrtem Gesicht nickte er, dann drehte er sich leicht zur Seite und versuchte, etwas aus der Innentasche seiner Jacke rauszuziehen, sackte aber sofort wieder in sich zusammen.

„Bitte, hilf mir", bat er leise.

Und so beugte ich mich zu ihm rüber und versuchte, mit meinen klammen und zitternden Fingern, sein Handy aus der Innentasche seiner Daunenjacke herauszufriemeln. Was nicht einfach war. Denn auch mein Rücken schmerzte vom Aufprall und auch mir tat jede Bewegung weh. Ich war plötzlich froh, Dylan so nahe zu sein. Es war, als würden wir einander schon seit Ewigkeiten kennen.

Alles fühlte sich richtig an. Als ich das Handy endlich in den Händen hielt, atmete ich erleichtert aus.

Dann drückte ich den Notruf.

Kapitel 7

Ich hätte heulen können, als wir irgendwann die Stimme der Sanitäterin hörten, die an unserer Autoscheibe klopfte. Fast zwanzig Minuten bangen Wartens waren vergangen, zwanzig Minuten, in denen ich meinen kleinen Geschwistern stotternd mindestens drei selbst ausgedachte Geschichten erzählt hatte – und versuchte, ihnen Mut zu machen, während ich selbst mutlos war. Vor lauter Verzweiflung hatten die beiden irgendwann angefangen, einen Großteil der gebrannten Mandeln und Lebkuchen-Herzen aufzumampfen, die eigentlich als Mitbringsel für den Rest der Familie gedacht gewesen waren. Da der Wagen abschüssig stand, konnten wir die Sicherheitsgurte nicht lösen. Und dadurch, dass sie fest-geschnallt waren, wurden Mia und Timmy auch schnell wieder ruhig und schläfrig.

Die Sanitäterin war nicht allein gekommen, das sahen wir schnell im Schein ihrer großen Taschenlampe. Insgesamt drei Krankenwagen mit mehreren Rettungssanitätern waren nach meinem Anruf zum Unfallort geeilt. Auch zwei Abschlepp-Wagen vom ADAC mit mehreren Monteuren trudelten ein. Der Unfallort selbst wurde nun mit leuchtenden Warndreiecken abgeriegelt, um zu verhindern, dass weitere Autos auffuhren. Doch das schlechte Wetter hatte in jener Nacht auch etwas Gutes: Kaum jemand war unterwegs.

Die Monteure bemühten sich sofort, uns aus dem zerdellten und vom Gestrüpp umrahmten Auto zu befreien. Zuerst öffneten sie die Hintertüren, um Mia und Timmy rauszuholen. Sobald die Kinder befreit waren, wurden sie in warme Decken gewickelt und die Böschung hochgetragen. Bei mir und Dylan hatten die Einsatzleute dann ein wenig mehr Mühe. Es dauerte lange, bis das uns umgebende Gehölz und

Gestrüpp so weit entfernt worden war, dass die Vordertüren des *Range Rovers* wieder frei zugänglich waren. Nun versuchten wir von außen und innen die Türen zu öffnen, doch merkten schnell: Die Vordertüren waren durch den Aufprall zu stark verzogen, und mussten regelrecht aufgebrochen werden. Allein wären Dylan und ich da nie wieder rausgekommen. Als auch mir ein Sanitäter wenig später eine Decke um die Schultern legte und mir half, die Böschung hoch und zurück zur Landstraße zu kraxeln, liefen mir nur noch die Tränen die Wangen hinunter. Dylan war nicht so gut zu Fuß und musste von zwei Helfern gestützt werden. Am liebsten hätten sie ihn sofort in einer Bahre oder einem Stuhl getragen, aber wegen dem Gestrüpp war das erst ab der Straße möglich.

Als ich im Erste-Hilfe-Wagen ankam, fand ich Mia und Timmy vor, die eingeschüchtert auf einer roten Lederbank saßen und sich an einer Tasse Kakao festhielten. Beide waren kreideweiß im Gesicht, aber Gott sei Dank unverletzt.

„Seven, Papa wird gleich hier sein. Die Polizistin hat ihn gerade angerufen", stammelte mein kleiner Bruder. Gequält lächelte ich ihn an und bewunderte ihn insgeheim dafür, wie tapfer er war. Und vor allem dafür, dass er irgendwann mal seine Telefonnummer auswendig gelernt hatte. Viel sagen konnte ich nicht. Der Schock saß immer noch tief. Mia durfte sich auf den Schoß einer Sanitäterin setzen und hörte aufmerksam zu, wie mit leiser Stimme aus einem Bilderbuch vorgelesen wurde. Ich dagegen wollte wissen, wie es Dylan ging. Also stand ich auf und kletterte in den nächsten Notarzt-Wagen. Im Gegensatz zu mir, hatte sich Dylan sofort auf eine Trage legen müssen und trug nun einen Verband um den Kopf. Bei ihm wurde eine Gehirnerschütterung vermutet, aber Gott sei Dank war es schnell ersichtlich, dass auch er wie durch ein Wunder keine inneren Verletzungen oder Knochenbrüche davongetragen hatte.

Stumm hockte ich mich auf einen freien Sitz und stierte vor mich hin. Wieder hatte ich das Gefühl, dass mein Leben in Bildern an mir vorüberzog. Doch diesmal hatte es etwas

Beruhigendes. Ich war wieder in Sicherheit. Wie Schuppen fiel es mir plötzlich von den Augen und mir wurde klar:

Ich wollte nicht so weitermachen wie bisher. Ich war in den vergangenen Monaten so unzufrieden gewesen. Ich nahm mir vor, einiges zu ändern. Vor allem wollte ich in Zukunft nicht mehr so zickig und nörglerisch sein, denn wie schnell - das hatte ich jetzt am eigenen Leibe erlebt - konnte das Leben wieder vorbei sein ...

Eine Dreiviertelstunde später trudelte mein Vater mit Dylans Mutter ein. Während mein Vater sofort zu Timmy und Mia ging, wollte Dylans Mutter verständlicherweise ihren Sohn sehen und kam zu uns. Ich hatte Dylans Mutter noch nie zuvor gesehen und musterte sie neugierig. Dylan hatte erzählt, dass sie Ärztin war, doch für mich sah sie eher aus wie eine Geschäftsfrau. Trotz des schlechten Wetters waren ihre Haare akkurat frisiert, ihre Hände sehr gepflegt und unter dem dunklen, gefütterten Trenchcoat trug sie einen graumelierten Hosenanzug.

Die Notärzte erklärten uns, dass Dylan und ich auf das Eintreffen der Polizei warten mussten, damit der Unfallhergang protokolliert werden konnte, bevor wir den Unfallort verlassen durften. Schließlich standen wir zwar unter leichtem Schock, waren aber bis auf ein paar Kratzern unverletzt. Die Polizei allerdings ließ auf sich warten. Die Sanitäter erklärten uns, dass es durch die schlechte Wetterlage in der ganzen Region zu vielen Unfällen gekommen war. Dadurch waren die Einsatzkräfte überfordert.

Auch erzählten sie uns, dass es für den polnischen Beifahrer des Lastwagens, der beinahe mit uns kollidiert wäre, nicht so glimpflich ausgegangen war. Er war durch den Aufprall aus dem LKW auf die regennasse Fahrbahn geschleudert worden und leichtsinnigerweise nicht angeschnallt gewesen. Nach der ärztlichen Notversorgung wurde er sofort mit Blaulicht in die nächste Rettungsstation gefahren. Der etwas ältere Fahrer des LKWs war zwar unverletzt, sprach aber kein Deutsch. Also musste er mit zur Wache genommen werden, damit sich ein Dolmetscher mit ihm unterhalten konnte. Der Lastwagen wurde an den Rand gefahren und sollte nach dem Eintreffen der Polizei abgeschleppt werden.

Paps nervte die Warterei ungemein. Am liebsten hätte er uns alle sofort mitgenommen. Doch als die Sanitäter ihm versicherten, dass Dylan und ich später von der Polizei nach Hause gebracht werden konnten, entschied er sich, nicht länger zu warten, sondern meine Geschwister unverzüglich nach Hause zu bringen. Für Mia und Timmy war es jetzt wichtig, ins Bett zu kommen. Paps ließ mir noch ein zweites, voll aufgeladenes Handy zurück und fuhr dann mit meinen Geschwistern und Dylans Mutter, die übrigens Silke hieß, Richtung Heimat.

Beim Abschied mussten wir meinem Vater noch versprechen, die Weihnachtsbäume nicht auf dem *Range Rover* zu lassen, sondern zu versuchen, diese mitzubringen, wenn die Polizei uns mit einem Einsatzbus heimfahren würde.

"Keine Sorge, Pa", versprach ich ihm. "Die Bäume vergessen wir bestimmt nicht."

Eine halbe Stunde später saß ich mit Dylan wieder in seinem *Range Rover* und wartete auf das Eintreffen der Polizei. Die ADAC-Menschen hatten seinen Wagen mit Ach und Krach die Böschung hochgezogen und ihn am Straßenrand abgestellt. Schnell stellte sich heraus: Der Geländewagen war zwar verbeult, ansonsten aber bis auf die verbogenen Türen noch fahrtüchtig. Nach dem Eintreffen der Polizei sollte auch er abgeschleppt und am nächsten Tag einer Werkstatt vorgestellt werden. Aber das hatte jetzt erst mal den Vorteil, dass Dylan und ich das Auto nutzen konnten, um auf die Polizei zu warten, ohne die ganze Zeit bei den letzten beiden Sanitätern im Krankenwagen ausharren zu müssen. Die fanden die Idee auch gut und fingen einfach an, sich privat zu unterhalten und Karten zu spielen.

Als Dylan und ich – jeder bewaffnet mit einer Decke und einem heißen Becher Kaffee - wieder im Range Rover saßen, stellte Dylan die Heizung auf Betrieb und drehte das Radio an.

Der Berliner Jazz Sender ertönte und lullte uns schnell ein. Seufzend lehnten wir uns zurück und lauschen den dudeligen, entspannten Klängen. Endlich konnten wir wieder ein wenig zu entspannen.

Und waren uns plötzlich so nahe wie noch nie! Der Unfall hatte uns total zusammengeschweißt und ich hatte das Gefühl, Dylan schon Ewigkeiten zu kennen. Leise begannen wir, uns zu unterhalten. Auch Dylan hatte ähnlich wie ich, sein Leben vor sich ablaufen sehen und begann plötzlich, mir doch so einiges aus seiner Vergangenheit zu erzählen. Und ich erfuhr: Bevor er vor drei Monaten mit seiner Mutter ins Nachbarhaus gezogen war, hatte er auch in Hamburg gewohnt! Doch als er zum Herbstsemester einen Studienplatz an der Akademie der Künste erhielt, beschloss seine Mutter gemeinsam mit ihm umzusiedeln, vor allem auch, weil sie das Haus in Berlin ein Jahr zuvor geerbt hatte und der Mieter, der seit Jahren darin wohnte, ausziehen wollte. Dylan studierte, wie er mir ja schon auf der Hinfahrt erzählt hatte, Kunst und Design auf Lehramt. Mit brotloser Kunst hatte er es also nicht so. Ich fand das total interessant. Ich selbst war ja erst siebzehn Jahre alt und musste nach meiner Lernflaute im letzten Jahr schauen, ob ich im übernächsten Jahr überhaupt das Abi packte.

Der Platzregen war nach dem Unfall wieder in Nieselregen umgeschlagen, hörte aber nach wie vor nicht auf. Als uns trotz der Heizung und den Decken irgendwann immer kälter wurde, kramte Dylan ein wenig in seinem Rucksack herum und brachte grinsend eine kleine Flasche Rum zum Vorschein.

„Schau mal, was ich hier habe."

„Oh, nein." Ich musste lachen. „Soll der Rum nicht für meinen Vater sein?"

„Ich denke, dein Paps wird uns den Rum in Anbetracht der besonderen Lage gönnen", schaffte Dylan es, mich zu überreden. „Ich besorg morgen einfach von irgendwoher eine neue Flasche. Weihnachten ist doch erst übermorgen."

Und so lehnten wir uns wieder zurück und tranken abwechselnd einen kräftigen Schluck. Ich schüttelte mich, als der hochprozentige Alkohol meine Lippen berührte und wenig später meinen Hals hinunterrann. Dylan lachte. Schnell wurde uns schön warm. Wir lachten und scherzten und gönnten uns jeder noch einen zweiten Schluck. Nun genoss ich den brandyartigen Geschmack im Mund. Wie selbstverständlich legte Dylan irgendwann seinen Arm um meine Schultern und dann ging alles ganz schnell.

Ehe ich mich versah, schmiegten wir uns aneinander, während unsere Lippen sich fanden und sich für gefühlte Ewigkeiten nicht mehr voneinander lösen wollten. Ich hatte schon lange keinen Alkohol mehr getrunken - das hatte für mich bislang eher zu meinen Jugendsünden gehört, als ich fünfzehn gewesen war - und fühlte mich beschwingt und glücklich.

All die widersprüchlichen Ereignisse rund um Dylan, seit ich ihn kennengelernt hatte - der schwarzgekleidete Unbekannte, der nachts auf seinem Grundstück herumschlich und der er allen Anschein nach selbst gewesen war und die vermeintliche Verwechslung mit einem sogenannten Trevor - all das war mir auf einmal egal. Zum ersten Mal seit einem Jahr war ich glücklich, in den Armen eines Mannes zu liegen. Zum ersten Mal musste ich nicht mehr an Tom denken.

Es gab nur noch Dylan und mich und unseren Kuss.

Kapitel 8

Als ich am nächsten Morgen gegen halb zehn in meinem Bett erwachte, lugte durch die zugezogenen Vorhänge meines Fensters heller Sonnenschein. Der blöde Nieselregen vom Vortag hatte also aufgehört. Erleichtert drehte ich mich auf den Rücken und begann, mich vorsichtig in alle Richtungen zu strecken. Es war jetzt genau ein Tag vor Weihnachten und ich war so glücklich, wie schon lange nicht mehr. Denn:

Ich hatte gestern bei dem Unfall nicht nur unglaubliches Glück gehabt. Nein, ich war wahrscheinlich auch noch zum ersten Mal richtig verliebt. Denn so wie mit Dylan, so war es noch nie gewesen!

Kaum hatte ich das zu Ende gedacht, begann mein Herz zu klopfen und mir wurde ganz andächtig zumute. Wahrscheinlich war ich von Anfang an in Dylan verknallt gewesen. Ich hatte es nur nicht wahrhaben wollen. Glücklich versuchte ich, mich mit einem Ruck aufzusetzen, doch ein dumpfer Schmerz im Rücken sorgte dafür, dass ich mich vorsichtig zurück in die Kissen gleiten ließ:

Au weia! Natürlich hatte ich von gestern einige blaue Flecken! Der Rum hatte mich das nur irgendwann vergessen lassen. Plötzlich fiel mir auch auf, dass mein Mund ganz trocken war und dass mein Kopf dröhnte und schmerzte. Hochprozentiger Rum war schließlich nicht ohne - und auch wenn es gestern an dem Unfallort sehr, sehr kalt und klamm gewesen war: Weniger wäre wahrscheinlich mehr gewesen.

Als ich es dann doch geschafft hatte, aufzustehen und wenig später unter der Dusche stand, fing ich an zu singen. Mein Gott, auch das hatte ich seit Jahren nicht mehr gemacht.

Ich musste lachen. Irgendwie hatte Alkohol schon etwas Beunruhigendes an sich: Man machte plötzlich Dinge, die man sonst nie tun würde. Hätten Dylan und ich uns gestern Abend nicht abwechselnd fast ein Drittel des hochprozentigen Getränks einverleibt, wären wir uns bestimmt nicht so schnell so nahe gekommen. Es war kaum zu glauben, aber wir hatten tatsächlich über eine Stunde miteinander rumgeknutscht, bis endlich die Polizei eingetrudelt war.

Danach wurde der Unfall-Hergang protokolliert und eine zweite Streife geordert, um Dylan und mich nach Hause zu fahren. Wie sonst hätten wir auch von der Landstraße wegkommen sollen? Auch der ADAC war wieder mitgekommen und hatte den *Range Rover* nach der polizeilichen Begutachtung abgeschleppt.

Die beiden nassen Tannenbäume, die wir dann dank der freundlichen Polizisten mit nach Hause nehmen durften, waren zum Trocknen in die Garage gebracht worden. Schließlich war morgen Weihnachten und die Bäume mussten trocken sein, bevor wir sie ins Wohnzimmer stellen konnten, wo sie ja auch noch geschmückt werden mussten. Besonders Mia und Timmy konnten es nicht abwarten und hatten schon Christbaum-Schmuck und auch die Schokoladenfiguren zum Aufhängen, die wir auf dem Weihnachtsmarkt gekauft hatten, bereitgelegt.

Die Zwillinge hatten den Unfall Gott sei Dank gut weggesteckt und sausten seit dem frühen Morgen mit Hund und Kegel durch die Wohnung.

Als ich die Treppe zur Küche hinunterstapfte, stutzte ich. Mir kam ein sehr vertrauter Duft entgegen: Der Duft von Gewürzen und heißen Himbeeren. Tief sog ich ihn ein und fühlte mich plötzlich ganz geborgen. Mein Gott, so roch nur der Weihnachtspunsch meiner Oma Britty! Schon als Kind hatte ich mich jedes Jahr zu Weihnachten darauf gefreut, denn diesen Punsch durfte ich mittrinken. Schließlich gab es darin keinen Tropfen Alkohol. Als meine Eltern noch verheiratet gewesen waren, hatte Oma Britty ihn jedes Jahr für uns gemacht. Ich spürte, wie mir bei diesen Erinnerungen ein paar Tränen in den Augen saßen und musste schlucken.

„Ist Britty tatsächlich schon hier?", rätselte ich noch, als ich auch schon in der Küche stand.

Sofort wurde ich überschwänglich begrüßt. Die Mutter meines Vaters, nämlich Oma Britty, war tatsächlich schon da. Die telefonische Nachricht vom Unfall am Vorabend hatte sie so sehr beunruhigt, dass sie sich so schnell wie möglich davon überzeugen wollte, dass es mir und Mia und Timmy tatsächlich gut ging. Vorsichtig nahm sie mich in den Arm. Von meinem Vater hatte sie schon gehört, dass auch ich ein paar blaue Flecken davongetragen hatte, so dass jede Berührung schmerzte.

Natürlich war ich für sie seit unserem letzten Treffen im Sommer wieder mindestens einen Kopf größer geworden. Nachdem wir uns begrüßt hatten, hockte ich mich auf die Küchenbank und ließ mir von ihr einen Milchkaffee und ein kräftiges Frühstück mit Brötchen, Butter und Leberwurst reichen. Damit würde es meinem Kater sicher bald besser gehen. Gisela, unsere neue Haushaltshilfe, war gerade dabei, mit Mia und Timmy Weihnachtsplätzchen für das morgige Fest zu backen und konnte nicht aufhören, gemeinsam mit meiner Oma über den Unfallhergang zu schnattern, so dass ich mir am liebsten die Ohren zugehalten hätte. Mein Vater, das erfuhr ich auch auf diesem Weg, war heute mal nicht zu Claudia ins Krankenhaus gefahren, sondern zu Hause geblieben. Auch er musste sich noch von dem Unfall-Schock und den neuen Sorgen erholen und telefonierte wohl schon den ganzen Morgen mit irgendwelchen Leuten.

Stumm saß ich auf meinem Platz und mümmelte mein Frühstück in mich hinein. Natürlich versuchte ich, überhaupt nicht hinzuhören, doch jedes Mal, wenn im Laufe der Küchengespräche Dylans Name fiel, spürte ich vor Aufregung einen kleinen Stich in meiner Brust. Ich wollte Dylan so schnell wie möglich wiedersehen. Sicher, der Sanitäter hatte ihm für heute strikte Bettruhe verordnet. Schließlich hatte er sich, im Gegensatz zu mir, auch noch den Kopf gestoßen. Aber ich könnte doch kurz mal bei ihm vorbeigehen? Oder sollte ich warten, bis er wieder auf den Beinen war und zu uns rüberkam? Waren wir eigentlich zusammen? War er jetzt mein Freund?

Schon fasste ich mich wieder an die Stirn und stöhnte leise. Das waren definitiv zu viele Gedanken, die da in meinem Kopf kreisten und so trank ich den letzten Schluck von meinem Kaffee aus, nahm mir noch eine Wasserflasche mit und stapfte in mein Zimmer unter den Dachboden zurück. Ich wollte erst mal einen klaren Kopf bekommen. Kaum war ich in meiner Dachkammer, schmiss ich mich auf mein Bett und hangelte mein Handy aus der Nachttisch-Schublade. Es tummelten sich mittlerweile ziemlich viele ungelesene Whats-App-Nachrichten meiner Freundin Lara im Posteingang. Schließlich hatte sie auch einen neuen Typen kennengelernt und wollte mir alles brüh-warm berichten.

Lustlos klickte ich mich durch ihre Nachrichten und überflog den Text. Seltsamerweise wollte ich gar nicht mit Lara telefonieren. Erst wollte ich wissen, woran ich bei Dylan war. Ich konnte kaum noch an etwas anderes denken. Also schickte ich Lara nur einen kurzen Whats-App-Gruß, schaltete mein Handy wieder aus und schaute aus dem Fenster. Und wunderte mich. Tatsächlich fielen vereinzelte, aber sehr dicke Schnee-flocken vom Himmel herab. Ich freute mich plötzlich wie ein kleines Kind. Dass es an Weihnachten schneite, hatte ich schon lange nicht mehr erlebt.

Kurzentschlossen griff ich mir meine Lederjacke und wollte gerade aus dem Zimmer gehen, als mein Blick noch einmal hinaus auf die Straße fiel. Und was ich dann sah, ließ mich innehalten. Wie angewurzelt stand ich da und starrte aus dem Fenster hinüber zum Nachbar-Grundstück. Zwei Autos hatten direkt vor der Einfahrt zu Dylans Haus geparkt. Es waren aber keine normalen Autos. Es waren schwarze Einsatzfahrzeuge der Polizei, das sah man sofort, denn sie alle hatten oben auf dem Autodach ein Alarmlicht.

Ich schluckte. Was hatte das zu bedeuten? Das konnten keine normalen Streifenpolizisten sein, die fuhren alle einen blau-weißen Wagen. Wieder schluckte ich, als mir klar wurde, was ich da gerade sah:

Vor Dylans Haus stand die Kripo.

Kapitel 9

Als ich unten in der Küche ankam, stand auch schon der Rest der Familie vorm Fenster und schaute hinaus.

„Beim Nachbarn ist die Kripo, Sevi", meinte mein Vater. „Sicher haben die noch was wegen dem Unfall von gestern zu klären."

Wie beiläufig nickte ich, doch merkte ich sofort, wie sich mein Magen zuzog. Irgendwie konnte ich mir das gar nicht vorstellen.

Draußen waren die Schneeflocken dichter geworden und wir hatten Mühe, noch etwas durch die Fensterscheiben zu erkennen. Und genau das war für die Kids das Startsignal, in ihre Skianzüge zu schlüpfen, um draußen mit Paps einen Schneemann zu bauen.

Minuten später war ich mit Britty und Gisela allein in der Küche. Britty hatte eine Weihnachts-CD in den CD-Player gelegt, so dass uns plötzlich statt Kindergeplapper ein fröhliches „Jingle Bells, Jingle Bells" entgegenschallte, während Gisela sämtliche Koch- und Backbücher studierte, die sie in Claudias Küchenschränken finden konnte. Schließlich sollte es am Weihnachtsmorgen einen großen Brunch geben, mit möglichst vielen leckeren Sachen, damit für jeden etwas dabei war. Aufgeregt unterhielten sich die beiden älteren Frauen miteinander.

Trotz meiner Beunruhigung hatte es mir sofort wieder der Himbeer-Punsch angetan, der schon morgens auf dem Herd gebrodelt hatte. Immer noch war die ganze Küche von seinem Duft erfüllt, so dass ich ihn genüsslich einsog und vorsichtig in den Topf linste, der nun zum Abkühlen auf der Fensterbank stand. Mir wurde ganz festlich zumute und zum ersten Mal seit Jahren freute ich mich plötzlich auf Weihnachten.

„Na, na, na", klopfte mir Britty lachend von hinten auf die Schulter. „Du musst dich schon bis heute Nachmittag gedulden. Nach dem Kaffeetrinken stelle ich ihn noch mal kurz auf den Herd und dann werden wir alle ein wenig davon probieren können." Doch dann wurde sie ernst und wechselte das Thema:

„Wieso bist du eigentlich mit Jacke runtergekommen? Wo wolltest du denn hin?"

Missmutig starrte ich an Britty vorbei. Die Antwort war mir jetzt irgendwie unangenehm. Doch dann räusperte ich mich und sagte schließlich:

„Ich wollte bloß mal kurz zu den Nachbarn rüber - aber die haben ja jetzt Besuch."

„Ach so. Ja, das stimmt. Da platze jetzt besser mal nicht rein. Wer weiß, was die Kriminalbeamten wollen? Vielleicht kommen die ja gleich auch noch zu uns?"

„Wenn sie wirklich wegen dem Unfall hier sind, werden sie gleich zu uns kommen", sagte ich leise, fast wie zu mir selbst - wusste aber im selben Augenblick, dass genau das nicht eintreffen würde.

Das unangenehme Gefühl in meinem Bauch breitete sich weiter aus. Ich war so glücklich gewesen und so verliebt. Doch jetzt bekam ich wieder Angst vor dem Gedanken, in wem ich mich da wohl verliebt haben könnte? Und musste auch erneut an all die Ungereimtheiten um Dylan herum denken und wunderte mich, dass ich das alles gestern Abend einfach so beiseitegeschoben hatte. Was so ein bisschen Rum doch ausmachte ...

Schließlich blieb ich einfach auf der Küchenbank sitzen, lauschte den Weihnachtsliedern und rührte dankbar in dem Tee herum, den mir meine Oma irgendwann vor die Nase stellte. Erdbeertee mit Vanille, mein Lieblingstee. Das heiße Getränk tat mir gut und pustete auch meine letzten Kopfschmerzen im Handumdrehen fort. Ungefähr eine Viertelstunde später hörten wir draußen neue Geräusche, wischten die beschlagenen Fensterscheiben von innen frei und sahen gerade noch, wie sich die Kripobeamten von Dylans Mutter

Silke verabschiedeten und wegfuhren. Dann hatte Silke Paps und die Kinder entdeckt und stapfte durch den Schnee zu ihnen hinüber. Man konnte sehen, wie sich alle unterhielten. Das machte mich nun doch neugierig. Schnell öffnete ich das Küchenfenster und ließ die schöne frische Schneeluft hinein. Ich wollte doch wenigstens ein paar Gesprächsfetzen mitbekommen. Der Schneefall hatte aufgehört:

Unser Grundstück und alle Grundstücke drumherum sahen jetzt aus wie ein verzaubertes Märchenland ...

„Na, jetzt haben wir dieses Jahr endlich mal weiße Weihnacht, das passt ja", freute sich Oma Britty. „Aber mach' bitte wieder das Fenster zu, Sevi, das ist doch viel zu kalt!"

Frierend hatte sie die Arme um ihren rundlichen Oberkörper geschlungen, der in einer selbstgestrickten, roten Strickjacke steckte und blickte mich vorwurfsvoll mit schmalen Augen an.

„Ja, klar, Oma. Ich geh jetzt einfach rüber."

Und so schloss ich das Fenster und zog den Reißverschluss meiner schwarzen Lederjacke hoch. Dann nickte ich meiner Oma noch einmal beschwichtigend zu und eilte aus der Küche, durch die Haustür und in unseren Vorgarten.

„Hi", begrüßte ich Dylans Mutter Silke, während ich versuchte, den fliegenden Schneebällen von Mia und Timmy auszuweichen. Natürlich versuchten meine kleinen Geschwister sofort, mich in eine Schneeballschlacht zu verwickeln.

„Wie geht es Dylan? Kann ich ihn besuchen?"

Überrascht stutzte ich, kaum dass ich die Worte ausgesprochen hatte. Wollte ich nicht eigentlich was anderes fragen?

„Hi! - Ja, natürlich geh ruhig", nickte Dylans Mutter mir zu und wies mit ihrem Arm in Richtung Haus. „Unsere Eingangstür ist nur angelehnt."

Ihr Haar war an jenem Morgen unfrisiert und leicht zerzaust und sie trug einen einfachen schwarzen Jeans-Anzug. Man konnte ihr die Sorgen der vergangenen Nacht förmlich ansehen. Sie hatte sich keine Jacke übergezogen, trug aber um den Hals einen dicken Wollschal. Trotzdem fror sie natürlich, und hatte ähnlich wie meine Oma in der Küche ihre Arme um ihren Oberkörper geschlungen.

„Mein Gott, Kind", kam sie dann ganz nah zu mir heran. „Ich bin ja so froh, dass dir und den Kleinen nichts passiert ist. Aber wer hätte auch mit so einem Platzregen gerechnet? Geht es dir denn wirklich gut?"

„Ja, sicher!", winkte ich schnell ab. „Ich hab' nur ein paar blaue Flecken und heute früh hatte ich Kopfschmerzen."

„Wie heißt du denn noch mal?", fragte sie dann ein wenig verlegen. „Ich hab' doch tatsächlich deinen Namen vergessen?"

„Seven", sagte ich.

„Seven? Ach, ist das was Schwedisches?"

„Nein, nein, das ist eine selbstgewählte Abkürzung von Severina", lachte mein Vater, bevor ich antworten konnte. „Unserer Teenagerin war der Name, den ihr die leiblichen Eltern zur Geburt ausgesucht hatten, irgendwann zu uncool gewesen. Daher der Jargon, dem wir uns seit vier Jahren alle beugen."

Mit gespieltem Leid schaute er zu mir rüber.

„Haha, Paps, wirklich lustig", höhnte ich halbherzig und lenkte dann schnell vom Thema ab:

„Wieso war denn gerade die Kripo bei euch?", fragte ich Silke nun doch noch.

„Ach", winkte sie ab. „Nur eine Kleinigkeit. Wir kommen ja später noch zu euch zum Kaffeetrinken. Dann erzähl ich euch alles.

„Fein", sagte ich bedrückt und machte endlich Anstalten, zu ihrem Haus hinüberzugehen. Schließlich wollte ich ja zu Dylan. Doch dann blieb ich wieder stehen. „Kann ich denn da einfach so bei euch rein?", fragte ich. „Ich meine, wegen euren Hunden?"

„Ach so. Ist schon gut, ich komm mit. Mir ist eh kalt."

Sie verabschiedete sich von meinem Vater und zog dann mit mir los. „Wir müssen auch schauen, ob mein Herr Sohn nicht doch wieder schläft. Ihm war heute Morgen ein wenig schwindelig."

Nun, das könnte auch am Rum gelegen haben, dachte ich so bei mir, sagte aber nichts und trottete einfach hinter ihr her. Der Schnee war knöchelhoch und knirschte laut unter unseren Sohlen. Mein Gott, wie lange hatte ich dieses Geräusch nicht mehr gehört. In Hamburg schneite es im Dezember so gut wie nie und nach der Scheidung meiner Eltern hatte ich es während der Weihnachtszeit immer wie die Pest vermieden, meinen Vater in Berlin zu besuchen. Allmählich wurde mir klar warum:

Es hätte mir zu weh getan. Jetzt merkte ich allerdings, wie mir die schöne familiäre Stimmung gefiel. Der Schnee, die Familie, der Weihnachtsbaum, die Lichterketten überall am Haus, die Weihnachtslieder und eben alles. Wahrscheinlich wurde ich so langsam erwachsen. Ich musste grinsen. Denn ich wusste schon, woran es wirklich lag. Ich war verliebt und dadurch auch für jedes andere, noch so kitschige Gefühl höchst empfänglich.

Als wir an der Haustür angekommen waren, zogen wir unsere Stiefel aus und ließen sie seitlich am Hauseingang stehen. Dann schlüpften wir ins Haus. Nicht nur angenehme Wärme und Kaffeeduft schlugen uns entgegen, auch die beiden Haushunde, zwei schwarze Labrodoodles, kamen sofort aus dem Wohnzimmer auf uns zu und beschnupperten mich vorsichtig. Dann ließen sie mich in Ruhe. Erleichtert atmete ich aus. Die zwei waren schon eine Nummer größer als unser kleiner Boomer und ich hätte mich denen allein nicht so gern gestellt. Ich hatte bei sowas immer den Schäferhund von Laras Eltern vor Augen, der stets weggesperrt werden musste, wenn Besuch kam. Silke tätschelte die beiden Hunde, die sich daraufhin wieder zurückzogen und schloss die Haustür hinter uns zu.

„Hach, ist das schön, endlich wieder im Warmen", lachte sie, nahm mir meine Lederjacke ab und hängte sie zusammen mit ihrem Schal auf den letzten freien Kleiderbügel, der an der hölzernen Flurgarderobe hang. Als sie wenig später ins Wohnzimmer linste, musste sie lachen.

„Sieh mal einer an", rief sie. „Wir müssen gar nicht die Treppe hoch. Mein Herr Sohn hockt in seinem Lieblingssessel."

„Haben wir schon wieder Besuch?", hörte ich daraufhin Dylans Stimme und ich spürte, wie mir vor Aufregung kurz die Luft wegblieb. Wie er wohl heute auf mich reagieren würde?

Vorsichtig ging ich hinter Silke in das große Wohnzimmer. Es war genauso groß wie unseres, doch viel moderner eingerichtet. An den Wänden befanden sich neben einer schwarzen Schrankwand mit einigen Spiegelelementen auch viele Designer-Bücherregale. Wo noch Platz war, hingen Gemälde und eingerahmte Fotos, in einer Ecke stand sogar ein schwarzer Flügel. Und dann entdeckte ich Dylan. Er saß mit dem Rücken zu uns in einem großen Ohrensessel vor dem Fernseher und hatte sich gerade den Wetterbericht in den Nachrichten angeschaut.

„Es soll jetzt ein paar Tage lang schneien," rief er uns zu, ohne sich umzudrehen.

„Ja, das habe ich mir schon gedacht. Schau bloß nicht raus", erwiderte Silke lachend. „Draußen sieht es aus wie in Klein-Österreich."

Etwas schwerfällig stand Dylan nun auf, drehte sich um – und erblickte mich.

„Hi, Dylan", rief ich und versuchte ein unbefangenes Gesicht zu machen. Ich hoffte inbrünstig, dass er mir nicht ansah, wie meine Knie weich wurden.

Dylan zuckte leicht zurück. Dann riss er sich zusammen. Angespannt beobachtete ich ihn. Er trug einen dunkelblauen Frottee-Bademantel über seinem Pyjama und sah mit den blonden, zerstrubbelten Haaren richtig süß aus. Kurz strich er sich mit einer Hand durch die Haare, als müsse er erst überlegen, was er sagen sollte. Dann kam er mir mit einem gequälten Grinsen entgegen.

„Ich lasse euch zwei dann mal allein", sagte Silke und ging in die Küche. Wahrscheinlich wollte sie das Mittagessen zubereiten.

Als Dylan direkt vor mir stand, räusperte er sich und gab mir recht förmlich die Hand.

„Guten Morgen, Seven. Es tut mir leid wegen gestern. Da hab' ich wohl ziemlichen Murks gebaut."

„Du hast Murks gebaut?", fragte ich überrascht. „Der Unfall war doch wohl meine Schuld. Hätte ich dich nicht angesprochen, hättest du den blöden LKW viel früher gesehen."

„Hör auf! Trotzdem. Du bist noch minderjährig und dann waren da die Kinder hinten. Nicht auszudenken, wenn denen was passiert wäre. Ich mache mir wirklich ziemliche Vorwürfe."

Gequält fasste er sich an die Stirn.

„Aber für das Wetter kannst du doch nichts … Und ich fand, du hast super reagiert", versuchte ich ihn zu beruhigen.

Dylan schüttelte weiter den Kopf.

„Ich hätte einfach früher an den Straßenrand fahren sollen …"

„Ach, Dylan", vorsichtig ging ich noch ein Stückchen näher an ihn heran und schmiegte mich an seine Schulter. Ich wollte das gar nicht, aber mein Körper war da anscheinend anderer Meinung. Er roch so gut. Sofort hatte ich wieder die gestrige Nacht vor Augen und eine wohlige Wärme breitete sich in meinem Körper aus. Am liebsten wäre ich für immer so mit ihm stehen geblieben. Doch kaum hatte ich das gedacht, fühlte ich, wie Dylan ganz steif wurde.

„Seven, sorry. Aber ich kann das nicht", flüsterte er mit belegter Stimme und schob mich hastig ein wenig von sich weg. „Wir reden da später drüber, okay?"

Wie vor den Kopf geschlagen prallte ich zurück. Das konnte jetzt nicht sein Ernst sein? Den ganzen Morgen war ich so glücklich gewesen und jetzt wollte er von der gestrigen Nacht nichts mehr wissen? Sprachlos starrte ich ihn an. Dann drehte ich mich auf den Absatz um und lief aus dem Wohnzimmer, zurück zur Haustür. Ich riss sie auf, zog meine Stiefel wieder an, die draußen auf mich gewartet hatten und ging, ohne einen Blick zurückzuwerfen, auf unser Grundstück. Ich konnte keinen klaren Gedanken fassen. Am liebsten wäre ich sofort in Tränen ausgebrochen. Mein Gott, wie peinlich.

Im Haus angekommen, war ich dankbar, dass keiner von den anderen sonderlich auf mich achtete. Mia, Timmy, mein Pa und Oma Britty waren im Wohnzimmer damit beschäftigt, endlich den Weihnachtsbaum aufzustellen, um ihn zu schmücken.

So schlich ich die Treppe hoch in meine Dachgeschoss-Kammer, sperrte die Tür von innen zu und schmiss mich auf mein Bett.

Das war jetzt wohl nicht wahr?

Tränen der Enttäuschung, aber auch der Wut rannen meine Wangen hinunter und ich konnte immer noch keinen klaren Gedanken fassen. So lag ich eine ganze Weile einfach nur rücklings in meinem lila Himmelbett und starrte an die Decke. Ich fühlte mich nach dem Glückstaumel wie ein begossener Pudel, den man am Kragen gepackt und in den Eisregen geschickt hatte.

Nach einer Weile drang das Gelächter meiner Geschwister zu mir hoch. Wahrscheinlich rannten sie jetzt im Flur herum, weil sie fangen spielten. Wütend hielt ich mir die Ohren zu. Die lustigen Geräusche passten gerade überhaupt nicht zu meiner Stimmung. Am liebsten wäre ich in einen Weinkrampf gefallen. Aber wie würde das aussehen, wenn ich später beim Essen mit verheulten Augen dasaß? Also riss ich mich weiter zusammen und wischte mir mit einem Taschentuch tapfer einzelne Tränen von der Wange. Eine Stunde später wurde nach mir gerufen. Erst leiser, doch dann immer lauter, bis mein Vater hoch gestapft kam und gegen meine Türe klopfte.

„Sevi, kommst du? Wir wollen essen."

Weil es bereits der Vortag vor Weihnachten war, deckten wir den großen Esstisch im Wohnzimmer hübsch ein und aßen dort. So stimmten wir uns ein wenig auf die anstehenden Feiertage ein und konnten den frisch geschmückten Baum bewundern. Mein Vater wollte bis zum Kaffeetrinken bei uns bleiben, worüber ich sehr froh war. Denn dadurch waren Mia und Timmy beschäftigt und ließen mich in Ruhe. Beim Essen war ich sehr schweigsam:

Es gab Kartoffelsalat mit Würstchen und zum Nachtisch Schokoladenpudding. Ich zwang mich, von allem wenigstens ein wenig zu probieren, doch so richtig Appetit hatte ich nicht. Ich täuschte Kopfschmerzen vor und zog mich nach dem Essen schnell wieder zurück. Ich spürte, wie mir besorgte Blicke folgten. Natürlich dachten alle, dass mich der Unfall mitgenommen hatte. Als es dann gegen sechzehn Uhr war, hörte ich, wie unten die Türklingel ging und Boomer fröhlich bellte.

An den Stimmen, die kurz darauf im Hausflur erschallten, hörte ich, dass nicht nur Dylans Mutter zum Kaffeetrinken gekommen war. Nein, auch Dylan war dabei! Genervt schlug ich mir mit der flachen Hand gegen die Stirn. Dass der Typ tatsächlich die Nerven hatte, jetzt einfach so hier aufzutauchen und sich mit mir an einen Tisch zu setzen, als sei nichts gewesen. Sollte ich wirklich runtergehen? Ich überlegte hin und her, doch dann siegte die Neugier:

Schließlich wollte ich erfahren, wieso die Kripo dagewesen war. Also ging ich ins Bad, machte mich frisch und cremte danach sorgfältig mein Gesicht ein. Ich gab mir ziemliche Mühe, die vereinzelten, roten Flecken um meinen Augen mit einem hautfarbenen Abdeckstift abzudecken. Als ich mit allem fertig war, bürstete ich mir die Haare durch und legte sie so, dass mir einige der vorderen Haarsträhnen ins Gesicht fielen. Dann ging ich entschlossen hinunter. Der Kerl sollte sich bloß nicht einbilden, dass er mich so einfach in die Tasche stecken konnte.

Als ich wenig später mit den anderen im Esszimmer um den ausgezogenen Esstisch saß, war es wirklich ziemlich komisch. Alle waren ausgelassener und fröhlicher Stimmung, nur Dylan und ich saßen schweigend dabei und bemühten uns, einander bloß nicht ins Gesicht zu sehen. Er, weil er total verlegen war, und ich, weil ich ihm am liebsten eine gedonnert hätte.

Gisela und Britty verteilten fleißig den Kuchen und reichten Kaffee- und Teekannen herum. Und als endlich alle ihren Lieblingskuchen auf dem Teller liegen hatten, war es mein kleiner Bruder Timmy, der als erstes das fragte, was wir alle wissen wollten:

„Silke, wieso war die Polizei bei euch?"

Kapitel 10

Sofort war es mucksmäuschenstill. Alle hielten inne und blickten Silke neugierig an.

„Ach, stimmt. Das wollte ich euch ja noch erzählen."

Schnell schluckte Silke das Stückchen Kuchen hinunter, dass sie gerade im Mund hatte und nahm einen Schluck Kaffee. Dann setzte sie sich kerzengerade hin und blickte in die Runde: „Also, die Sache ist die: Gestern Abend hab' ich einen Diebstahl bemerkt und natürlich sofort die Polizei verständigt. Aber weil dann euer Unfall dazwischenkam", sie nickte dabei kurz in Dylans und meine Richtung, „hatte ich die Ermittlungsbeamten wieder abbestellt. Deswegen kamen die heute Morgen."

„Was wurde denn geklaut?", fragte Mia sofort und vergaß vor lauter Aufregung von dem Muffin abzubeißen, den sie gerade in der Hand hielt.

„Eine ziemlich wertvolle Radierung von meinem verstorbenen Mann."

„Ist dein Mann tot?", fragte jetzt Timmy wieder. „Ich dachte, du hast gar keinen."

„Timmy!", rief Oma Britty.

Doch Silke winkte ab.

„Lass ihn ruhig, es ist nicht schlimm. - Doch Timmy", wandte sie sich dann an meinen Bruder. „Ich hatte mal einen Mann, Dylans Papa. Aber der ist vor zwei Jahren an Krebs gestorben. Er war ein bekannter Künstler."

„Ach, deswegen habt ihr so viele tolle Bilder im Wohnzimmer hängen", meldete ich mich nun doch zu Wort.

„Ja, genau, das meiste ist von Kurt, aber ein paar Sachen sind auch von Dylan." Stolz blickte sie nun auf ihren Sohn, der sich immer noch nicht traute, mir direkt ins Gesicht zu sehen und stattdessen verlegen in die Runde grinste. So wie er sich zurzeit benahm, war ihm überhaupt nicht anzusehen, dass er fünf Jahre älter war als ich.

„Ja", stammelte er ein wenig herum. „Deswegen hab' ich hier auch im September den Studienplatz gekriegt. An der HdK."

„Toll", sagte Oma Britty und Paps nickte dazu. Dann blickte er Silke forschend an:

„Wie ist der Einbrecher denn ins Haus gekommen?"

Traurig zuckte Silke mit den Schultern: „Wenn ich das mal wüsste. Es sind überhaupt keine Einbruchsspuren zu finden. Fast so, als hätte der Täter einen Schlüssel gehabt. Deswegen habe ich das auch erst abends gemerkt. Als ich zufällig zur Wand blickte und den leeren Rahmen sah, der an der Wand lehnte. Der Täter hat den Rahmen zurückgelassen und die Radierung wohl zusammengerollt. Trotzdem waren nirgends Fingerabdrücke zu finden. Nur eine verbogene Sicherheitsnadel."

„Passen denn eure Hunde nicht auf?", fragte nun Gisela, die sich mit zu uns an den Tisch gesetzt hatte.

„Die Hunde waren doch gar nicht da. Dylan und ich hatten in jener Nacht in Hamburg bei meiner Freundin übernachtet und die beiden mitgenommen. Wir alle sind erst morgens wieder zurückgekommen."

Bei diesen Worten saß ich mit einem Ruck gerade.

„Wann war das noch mal genau?", fragte ich atemlos.

„Es war genau die Nacht vor dem Tag, als ihr zum Weihnachtsmarkt gefahren seid. Denn den Tag davor hing die Radierung noch an ihrem Platz, das weiß ich ganz genau. Ich habe dort nämlich auch ein Foto meines Mannes hängen und schau täglich wenigstens einmal kurz hin."

Mit großen Augen blickte ich sie an und musste schlucken. Komisch, dachte ich bei mir. Hatte ich Dylan nicht genau in jener Nacht schwarzgekleidet sein Grundstück verlassen sehen, mit einer Rolle unterm Arm? Ich spürte, wie mir die Kinnlade runterklappte. Die Gedanken schossen nur so in meinem Kopf herum. Verstohlen blickte ich zu Dylan rüber. Doch der schien selbst betroffen zu sein. Wirklich ein verdammt guter Schauspieler. Genervt schüttelte ich ganz für mich den Kopf. Das durfte doch wohl alles nicht wahr sein. Ich war gar nicht mehr imstande meinen Kuchen weiter zu essen, lehnte mich auf meinem Stuhl zurück und schlang die Arme um meinen Bauch. Bevor ich es noch verhindern konnte, stöhnte ich laut auf.

„Oje, mein Schatz, hast du jetzt auch noch Bauchschmerzen bekommen?", strich mir meine Oma Britty kurz durchs Haar, die auf dem Stuhl neben mir saß, und blickte dann zu meinem Vater. „Also, ich finde, wir sollten doch noch mal mit Sevi zum Arzt gehen. Ich kann das gerne übernehmen. Ich kenne einen Hausarzt, der auch feiertags und an den Wochenenden für zwei Stunden aufhat."

„Oma, lass doch", winkte ich ab, während ich aus den Augenwinkeln sah, wie Dylan bei ihren Worten aufhorchte und dann besorgt zu mir rüber schaute. Unwillkürlich musste ich grinsen. Es erfüllte mich schon mit Genugtuung, dass ihn die Sorge um mich betroffen machte. Doch dann biss ich mir auf die Lippen und blickte ihn stattdessen trotzig an. Sofort sah er wieder weg.

Irgendwie wurde die ganze Sache für mich immer abstruser. Hatte er etwa seine eigene Mutter beklaut? Das konnte doch wohl nicht wahr sein.

„Ist denn so eine Radierung wertvoll?", fragte mein Vater interessiert.

„Nun ja", sagte Silke. „Da es sich um ein besonderes Einzelstück handelt, schon. In einschlägigen Kreisen kann man für sowas einen schönen Batzen bekommen. Die heiße Ware wird ins Ausland verkauft, an irgendwelche reichen Scheichs oder Gott weiß, an wen."

„Aber ihr seid doch bestimmt gegen Diebstahl versichert?", fragte nun Gisela. „Ich meine, für sowas gibt es doch Versicherungen!"

„Ja, schon", seufzte Silke, und sah plötzlich voll traurig aus. „Nur, wenn es keine Einbruchspuren gibt, hat man schon

Probleme, die Versicherung davon zu überzeugen, dass es ein Diebstahl war."

„Es muss jemand gewesen sein, der euch gut kannte und der wusste, wo er suchen musste. Soviel ist schon mal klar", warf mein Vater ein.

„Das denken wir leider auch", meldete sich nun erstmals Dylan zu Wort und kassierte dafür von mir einen giftigen Blick, den er allerdings nicht annahm. Stattdessen sah er mich fragend an.

Silke seufzte weiter: „Das Schlimmste für mich ist sowieso, dass eine schöne Erinnerung an Kurt verschwunden ist." Verstohlen wischte sie sich mit einem Taschentuch die Tränen aus den Augen. „Ich habe so an dieser Radierung gehangen."

Dabei beließen wir es dann.

Kurz darauf ging die Unterhaltung wieder auf ganz normale Themen über, was vor allem den Quatsch-machenden Kindern zu verdanken war. Oma Britty hatte schon vor dem Kaffeetrinken ihren selbstgebrauten Himbeer-Weihnachtspunsch heiß gestellt und servierte ihn nun mit Giselas Hilfe. Ich lehnte ab. Erstaunt sahen mich alle an.

„Aber wieso, Sevi, ich dachte, darauf hast du dich schon den ganzen Tag gefreut?", fragte meine Oma überrascht. Doch ich schüttelte nur mit dem Kopf:

„Danke, Omi, ich probiere später was davon. Jetzt habe ich Bauchschmerzen."

Auch mir tat es leid. Der Punsch war zwar ohne Alkohol, doch ich bekam einfach nichts mehr hinunter. Ich spürte, wie ich wieder wütend auf Dylan wurde und taxierte ihn erneut mit düsteren Blicken, blieb dabei aber wie angewurzelt auf meinem Stuhl sitzen. Auch nachdem es sich die anderen in den Sesseln und auf dem großen Ecksofa gemütlich gemacht hatten. Mal wieder lief stimmungsvolle Weihnachtsmusik, alle lobten den Punsch und unterhielten sich angeregt über Gott und die Welt. Dylan hatte seine Beklommenheit überwunden und schwatzte mit. Wütend beobachtete ich ihn und ärgerte mich dabei vor allem auch über mich selbst. Wie konnte ich mich nur in so einen dämlichen Typen verknallen?

Eine Dreiviertelstunde später beschloss mein Dad, mit den Kindern zu Claudia ins Krankenhaus zu fahren. Schließlich war er den ganzen Tag noch nicht da gewesen. Silke schloss sich ihm an. Gisela und Oma Britty räumten den Tisch ab und blieben dann in der Küche, um sich um die Vorbereitungen für den morgigen Brunch zu kümmern.

Und so war ich plötzlich mit Dylan allein. Genau wie ich, saß er wie festgeklebt auf seinem Platz, hatte aber endlich wieder den Mut, mir ins Gesicht zu blicken.

„Und?", fragte ich ihn mit gespieltem Zynismus. „Möchtest du nach dem Punsch noch ein Glas Rum?"

„Warum bist du eigentlich schon wieder so zickig, Seven?" Irritiert sah Dylan mich an.

„Das fragst du mich jetzt ernsthaft, ja?"

Eigentlich wollte ich lachen, konnte aber nicht verhindern, dass mir schon wieder Tränen in den Augen saßen. Trotzig wischte ich mir übers Auge. So ein blöder Kerl. Entschlossen ging ich zur Wohnzimmerbar, nahm die Rumflasche und ein Rumglas, schenkte großzügig ein und hielt es Dylan vor die Nase.

„Also, willst du jetzt noch einen Rum, oder nicht? Anders geht es wohl nicht bei dir, was?"

„Seven, lass das doch, bitte. Ich bin viel zu alt für dich."

„Ach, auf einmal bist du zu alt für mich? Gestern Abend hast du das aber ganz anders gesehen. Oder hast du plötzlich Angst, dass ich dich verpfeifen könnte?"

Überrascht sah Dylan mich an.

„Ich weiß nicht, was du meinst?"

„Ich meine: Trevor! Wieso hat das Mädchen dich auf dem Parkplatz so genannt. Führst du irgendein Doppelleben?"

Jetzt musste Dylan lachen. „Also Seven bitte, ich begreif überhaupt nicht, was du meinst!"

Er wollte mir freundschaftlich einen Arm um die Schultern legen, doch mir platzte endgültig der Kragen:

„Nun, ich meine die Nacht, in der du angeblich in Hamburg warst", schrie ich ihn an.

„Wieso angeblich? Ich war in Hamburg."

Plötzlich lachte Dylan nicht mehr, sondern sah total betroffen aus.

„Ach ja? Du warst also in Hamburg?", platzte es aus mir heraus. „Und wieso bist du in der Nacht, als die Radierung geklaut wurde, auf eurem Grundstück rumgeschlichen? In schwarzen Klamotten übrigens und mit einer Rolle unterm Arm?"

Kapitel 11

Endlich war es heraus. Ich war so froh. Kerzengerade stand ich vor ihm, die Hände in die Hüften gestemmt und blickte ihn herausfordernd mit schmalen Augen an.

Dylan schien das nicht sonderlich zu beeindrucken. Im Gegenteil, er war total perplex und hatte tausend Fragezeichen in den Augen.

„Ich versteh' nicht ganz?", fragte er schließlich mit belegter Stimme. „Wer ist nachts auf unserem Grundstück rumgeschlichen, Seven?"

Entnervt ließ ich meine angestaute Luft raus und sah ihm danach wieder ins Gesicht - und wunderte mich: Er sah überhaupt nicht so aus, als würde er lügen.

„Na, du", fuhr ich trotzdem sehr bestimmt fort. „Du bist da rumgeschlichen. Du hattest schwarze Klamotten an und sogar eine Maskenmütze über den Kopf, nur dein Gesicht lugte vorne raus. Ich hatte mich total gewundert."

„Und das sagst du mir erst jetzt?"

Atemlos stand Dylan vor mir.

„Nun, ja", druckste ich herum. „Ich hab' mich die ganze Zeit nicht getraut. Ich meine, ich wollte ja, aber dann - nun ja, der Unfall gestern und das danach."

Nun war ich diejenige, die verlegen wurde. Krampfhaft blickte ich zu Boden und steckte meine Hände hinten in die Taschen meiner Jeans.

Doch in Dylan war auf einmal Leben gekommen. Mit beiden Händen packte er mich an den Schultern und schüttelte mich. Ich kannte ihn gar nicht wieder.

„Hey", presste ich hervor und versuchte, mich aus seinem Griff zu befreien. „Pass' doch auf, du tust mir weh."

Sofort ließ er los: „Sorry, Seven. - Aber ist das wahr? Du behauptest allen Ernstes, du hast mich nachts in unserem Garten gesehen, mit einer Rolle unterm Arm?"

„Ja, und dann bist du an unserem Haus vorbeigelaufen und als du an der Laterne vorbeikamst, habe ich dein Gesicht erkannt."

„Ach, du Schreck. Ich muss sofort meine Mutter anrufen."

Total blass geworden friemelte Dylan in seinen Hosentaschen herum. Nach gefühlten Minuten zog er endlich sein Handy hervor.

„Warte kurz", sagte er zu mir und ging hinaus auf den Flur.

Kurz darauf kam er zurück. „Sie hat ihr Handy abgestellt", erklärte er, nun etwas gefasster. Dann blickte er aus dem Terrassenfenster hinaus in den Garten und schien zu überlegen.

„Dylan, würdest du mir bitte mal erklären, was los ist?" Allmählich bekam ich Angst. Da stimmte doch was nicht!

Da atmete mein undurchsichtiger Nachbar kurz aus, fasste mich bei der Hand, ging hinaus in den Flur und zog mich hinter sich her.

„Zieh dir jetzt bitte Jacke und Schuhe an und komm mal kurz mit zu uns rüber. Ich muss dir etwas zeigen."

Als wir wenig später drüben durch die Haustür getreten waren, ging Dylan sofort ins Wohnzimmer und winkte mich hektisch hinter sich her. Die beiden Hunde kamen herbei, begrüßten ihren Herrn überschwänglich, bei mir dagegen wackelten sie nur ein wenig mit ihren langen Ruten. Im Wohnzimmer ging Dylan sofort zu dem großen Flügel, der in der einen Ecke stand und griff hastig nach einem der Fotorahmen, die seitlich darauf arrangiert waren.

„Komm jetzt einfach her und schau dir das Foto an. Das sagt mehr als tausend Worte."

Traurig überreichte er mir den Rahmen. Als ich meinen Blick über die Fotografie gleiten ließ, hielt ich den Atem an:

Das Foto zeigte zwei sechsjährige Jungen, beide hatten einen Ranzen auf dem Rücken und eine Schultüte in der Hand. Vor ihnen stand eine kleine Schiefertafel auf dem Boden. Darauf stand:

„Mein erster Schultag."

Ungläubig blickte ich von einem Jungen zum anderen. Sie hatten zwar unterschiedliche Klamotten an, aber es war nicht zu übersehen, dass sie sich trotzdem bis aufs Haar glichen.

„Wer ist das auf dem Foto?", fragte ich alarmiert. „Warst du das mal?"

Ein wenig genervt zischte Dylan leise: „Dreimal darfst du raten."

„Und der andere ist dein Bruder? Ich meine, er ist, ihr seid …? Seid ihr?"

„Ja, spuck's ruhig aus. Wir sind Zwillinge."

„Ach, und dein Bruder heißt Trevor!", klingelte es nun bei mir

„Ja, er heißt Trevor", antwortete Dylan resigniert.

„Ach so." Nun wurde mir alles klar. Auch der Vorfall mit dem angetrunkenen Mädchen auf dem Parkplatz. Dann hatte sie Dylan also tatsächlich verwechselt.

„Aber was ist mit ihm? Wieso wohnt er nicht bei euch? Und wieso soll er deine Mutter heimlich beklauen? Das Mädchen hat sogar erzählt, er schuldet irgendwem Geld?"

„Mein Bruder ist krank."

„Oh, das tut mir leid. Was hat er denn?"

Zutiefst betroffen stand ich da. Doch dann überlegte ich: „Also vor zwei Tagen, in der Nacht, da sah er eigentlich ziemlich fit aus."

Gequält sah Dylan mich an.

„Schon mal was von *Borderline* gehört?"

„*Borderline*?", wiederholte ich mit belegter Stimme und konnte so auf die Schnelle überhaupt nichts mit diesem Begriff anfangen.

„Trevor war schon immer sehr schwierig. Und als er dann so dreizehn, vierzehn war, wollte er auch nicht mehr zur Therapie gehen. Er hat plötzlich getrunken und gekifft, und ist in ziemlich schlechte Kreise reingeraten."

„Oh!" Betroffen starrte ich ihn an. „Was ist denn das genau, dieses *Borderline*?", fragte ich dann verdattert. „Was für Therapien kriegt man denn da?"

„Gesprächstherapie, Gruppentherapie, Musiktherapie, suche dir was aus."

„Und wo kommt sowas her?"

Traurig zuckte Dylan mit den Schultern. „Das weiß kein Mensch. Wahrscheinlich erblich bedingt, von irgendeinem unserer Vorfahren eingefangen oder so."

In diesem Moment schreckten wir zusammen. Wir hatten gar nicht mitbekommen, dass Dylans Mutter wieder nach Hause gekommen war. Nun stand sie in der breiten Wohnzimmertür, klimperte vorwurfsvoll mit den Schlüsseln und sah uns traurig an.

„Du erzählst ihr von Trevor?", fragte sie leise ihren Sohn. „Das ist nicht gerade die schönste Art, wie du das machst ..."

Sofort lief Dylan rot an und fuhr sich mit beiden Händen durch die mittlerweile wieder sehr verwuschelten Haare.

„Sorry, liebe Mama, aber das hat einen Grund. Seven hat Trevor nämlich vor zwei Tagen nachts in unserem Garten gesehen. Ich habe gerade versucht, dich auf dem Handy zu erreichen, aber das war aus."

„Oh nein." Entsetzt schlug sich Silke die Hand vor den Mund und starrte uns an. „Mein Gott, Seven bist du sicher? Ist das wirklich wahr?"

„Ja", sagte ich. „Er sah genauso aus wie Dylan. Er ist kurz an der Laterne vorbeigelaufen, da konnte ich sein Gesicht sehen."

„Seven dachte schon, ich wär' das gewesen und hätte dich beklaut", witzelte Dylan nun und blickte gespielt vorwurfsvoll in meine Richtung. „Sie war sehr sauer auf mich."

Verlegen musste ich grinsen.

Betroffen kam Silke nun herbei, nahm meine Hand und hielt sie fest. Dann sagte sie:

„Kommt Kinder, wir setzen uns einfach zusammen in die Sofaecke und besprechen alles. Dann werde auch ich Seven ein bisschen was über Trevor erzählen."

Kapitel 12

Als ich am nächsten Morgen aufwachte, sprang ich schnell aus dem Bett und zog neugierig die Vorhänge vor meinem Fenster zur Seite. Wie schön: Es war immer noch alles weiß da draußen. Der Schnee war liegengeblieben und das mit der weißen Weihnacht, das war wohl gebongt.

Fröhlich schlenderte ich ins Badezimmer, um mich frisch zu machen. Heute war endlich der sogenannte Weihnachtsmorgen und schon gegen elf Uhr wurden die ersten Gäste erwartet, die mein Vater zum Brunch geladen hatte. Ich überlegte: Also meine Oma Britty und Gisela würden da sein, ich, mein Vater und Mia und Timmy - das waren dann schon mal sechs Personen. Dann hatte mein Vater zwei befreundete Familien eingeladen, die wohl auch mehrere Kinder hatten und die alle mit Mia und Timmy zur Schule gingen. Ich atmete tief ein und aus. Na, das konnte ja trubelig werden. Ach ja, - und bei diesem Gedanken grinste ich sofort von einem Ohr zum anderen, - Dylan und seine Mutter würden natürlich auch kommen. Sie hatten hier in Berlin keine Verwandten und freuten sich darauf, den Weihnachtstag in einer Gemeinschaft verbringen zu können. Ich freute mich unglaublich auf Dylan, der jetzt doch so etwas wie mein Freund war. Auf Dylan, mit dem ich mich gestern Abend doch noch hatte aussprechen können. Und auf Dylan, der Gott sei Dank doch kein Räuber war.

Als ich geduscht hatte, stand ich unschlüssig vor dem Spiegel und überlegte, was ich wohl anziehen sollte? Die schwarzen oder grauen Klamotten, die ich für gewöhnlich trug, passten plötzlich so gar nicht mehr zu meiner Stimmung. Ich war nämlich so glücklich, dass ich mich am liebsten in tausend

Regenbogenfarben gekleidet hätte. Unschlüssig wühlte ich in meiner Reisetasche herum. Die schwarze Jeans konnte ja bleiben, aber dann? Ich hatte außer ein paar schwarzen T-Shirts nur noch eine graue Bluse dabei und eine schwarze Nieten-Weste.

Hmh! Sehr festlich würde ich darin nicht aussehen. Gedankenverloren zog ich mir dann trotzdem meine graue Rüschenbluse über den Kopf und zupfte sie zurecht. Danach suchte ich in meinem Kosmetiktäschchen herum, bis ich in dem Seitenfach meine schönen langen Silberohrringe fand - und das passende Collier dazu mit den langen Silberstäbchen. Ja, so konnte ich mich sehen lassen. Und wenn ich mir dann noch meinen lila Fransenschal um den Hals legte, sah es eigentlich gar nicht mehr so düster aus. Noch ein wenig Farbe ins Gesicht, zur Abwechslung mal dunkelblauen Lidschatten und einen helleren Lippenstift. Jupp, so konnte ich bleiben. Zum Schluss föhnte ich meine langen, dunkelblonden Haare, drehte sie mit einem breiten Band zu einem lockeren Knoten und ließ an den Seiten ein paar Fransen raushängen. Als ich auch noch schnell die benutzten Klamotten vom Vortag zusammensammelte, um sie mit nach unten in die Waschküche zu nehmen, fiel plötzlich mit einem lauten Poltern mein Handy auf den Boden.

Mein Gott, mein Handy! Das hatte ich ja ganz vergessen! Das musste echt die ganze Zeit zwischen den Sachen gelegen haben. Sofort dachte ich an Lara.

Die wunderte sich bestimmt schon, dass sie nichts von mir hörte! Schließlich hatte ich ihr versprochen, spätestens nach dem Weihnachtsbrunch zurück nach Hamburg zu fahren. Aufgeregt tippte ich meine Pin ins Handy. Es dauerte nur ein paar Sekunden, bis es hochfuhr und die ersten Nachrichten reinrasselten. Ich musste grinsen. Lara hatte mal wieder wie eine Wilde versucht, mich zu erreichen und fast tausend Nachrichten geschrieben. Im nächsten Moment wäre mir das Handy auch schon fast aus der Hand gefallen. Es klingelte! Ich musste lachen. Wieso war ich nur plötzlich so schreckhaft?

„Ja, hallo, hier bin ich wieder", begrüßte ich fröhlich meine Freundin. „Alles gut."

Lara brauchte erst mal ein paar Sekunden, um zu begreifen, dass tatsächlich ich persönlich dran war und nicht mehr mein AB. Aber dann plapperte sie auch schon los. Sie war wohl immer noch mit ihrem neuen Typen zusammen – was für Lara eigentlich schon eine unglaubliche Leistung war - und hatte viel zu erzählen. Erst nach zehn Minuten fiel ihr auf, dass ich dagegen überhaupt nichts sagte.

„Ja, und jetzt rede schon, Sevi. Wie ist es bei dir? Ist der Typ von gegenüber immer noch so komisch?"

„Nö, hier ist alles in Ordnung", druckste ich herum. Irgendwie wollte ich das mit Dylan nicht erzählen, und schon gar nicht am Telefon. Aber ich verklickerte ihr, dass ich nun doch bis zum Ende der Ferien in Berlin bleiben würde.

„Du, die brauchen mich hier. Die Frau von meinem Vater kommt wohl nicht so schnell aus dem Krankenhaus."

Seltsamerweise hatte ich plötzlich den Eindruck, dass Lara grinsen würde. Doch verflog der Eindruck schnell, als sie einlenkte und vollstes Verständnis zeigte. Wahrscheinlich hatte es bei ihr so gefunkt, dass sie mit dem neuen Typen lieber allein war. Ich versprach ihr noch, mich auf alle Fälle von jetzt an täglich zu melden, legte dann auf und schaltete mein Handy ab.

Puh, das war ja noch mal gutgegangen. Praktisch, dass auch Lara einen neuen Typen hatte. Dann brauchte ich wegen Dylan wenigstens kein schlechtes Gewissen zu haben.

Ich ging hinunter in die Küche. Das Einzige was für mich jetzt noch zählte, war, Dylan so schnell wie möglich wiederzusehen.

Gegen elf Uhr trudelten dann auch schon die ersten Gäste ein, aber Dylan war nicht dabei. Es waren die befreundeten Familien, die mein Vater eingeladen hatte und mit einem Schwung tobten plötzlich nicht nur zwei Kinder durchs Haus, sondern gleich sieben. Wir Großen dagegen machten es uns im Wohnzimmer gemütlich, wo der ausgezogene und hübsch gedeckte Esstisch stand und auch die gemütliche Sofaecke. Für meinen Vater war es schon komisch, dass Claudia nicht dabei sein konnte und wir alle lenkten ihn, so gut es ging, ab. Oma Britty hatte neuen Himbeer-Punsch aufgekocht und stellte die dampfende Flüssigkeit in einer gläsernen Karaffe auf den Tisch. Der Punsch roch verführerisch, doch wir wollten mit dem brunchen warten, bis auch wirklich alle da waren: Und die letzten, die noch ausstanden, waren Dylan und seine Mutter.

Als dann endlich die Türglocke ging, rannte ich – gefolgt von Boomer – als erste zur Tür. Mit einem Schwung riss ich sie auf - und traute meinen Augen nicht:

Vor mir stand nicht Dylan, sondern meine Mutter! Mit einem riesengroßen Blumenstrauß in der Hand und mehreren Tüten, in denen wohl Geschenke und andere Mitbringsel waren.

„Aber Mama, du wolltest doch in die Eifel zu Freunden", platzte ich überrascht heraus. Groß und breit hatte meine Mutter mir vor meiner Abreise erklärt, dass wir nicht telefonieren müssten und dass sie sich Weihnachten im Laufe des Tages bei mir melden würde. So war das also gemeint gewesen. Und jetzt freute ich mich ungemein, dass sie da war. Glücklich fiel ich ihr um den Hals.

„Schön, dich wiederzusehen, Mama."

„Klar, meine Süße. Ich muss doch wissen, wie es dir nach dem Unfall geht. Und ich bin nicht allein. Schau mal auf den Hof, wer mich hergefahren hat."

Irritiert blickte ich sie an. Dann löste ich mich aus ihrer Umarmung und schaute durch die Eingangstür nach draußen. Und bekam fast einen Kreischanfall:

Draußen stand meine beste Freundin Lara, und sie war nicht allein: Neben ihr stand ein dunkelhaariger und ziemlich flippiger Typ, der etwas verlegen herumdruckste, weil er sich nicht sicher war, ob er auch wirklich willkommen sein würde.

„Seven! Endlich hab' ich dich wieder!" Lachend fiel Lara mir in den Arm. „Ist doch nicht so einfach, auf die beste Freundin zu verzichten."

Ich wusste gar nicht, was ich sagen sollte. Ich konnte bald nicht mehr. Jetzt war nicht nur meine Mutter hier, sondern auch noch Lara mit ihrem neuen Typen. Wie cool war das denn? Möglichst unauffällig musterte ich Laras neueste Errungenschaft von oben bis unten. Lara grinste und machte uns schnell miteinander bekannt:

„Schau nur, Seven, das ist Kyle. Und Kyle, das ist Seven! - Deine Mutter hatte die Idee", fügte sie noch erklärend hinzu und grinste über beide Ohren. „Sozusagen als Entschädigung für dich. Und abends können wir alle in einen Club zum Tanzen gehen. Was meinst du? Kyle war schon oft in Berlin, der kennt hier so einiges."

Erwartungsvoll sah sie mich an. Sie war total hibbelig und ich musste schmunzeln. Sie trug eine schwarze Lederhose und eine mit Fell gefüllte, etwas weitere, graue Lederjacke. Ihre langen blonden Haare wurden von einer witzigen, schwarzen Schirmmütze bedeckt. Natürlich war sie ein wenig aufgebrezelt und trug zu ihrem Feierlaunen-Make Up wie immer möglichst viele Ringe an den Fingern.

„Hört sich doch gut an", brachte ich gerade noch heraus, als ich plötzlich aus den Augenwinkeln sah, dass sich die Tür vom Nachbarhaus öffnete und Dylan mit seiner Mutter Silke im Anmarsch war. Ein paar Sekunden später standen die beiden auch schon vor uns.

„Hallo", grüßte Silke überrascht und gab meiner Mutter, Lara und Kyle die Hand, nachdem ich alle miteinander bekannt gemacht hatte. „Wie schön, auch mal Sevens Mutter und ihre Freunde kennenzulernen."

Auch Dylan nickte den Neuankömmlingen freundlich zu - mich aber grinste er bedeutungsvoll an. Seine wuscheligen, blonden Haare waren ausnahmsweise mal in verschiedene Richtungen gestylt, über sein Adidas T-Shirt hatte er sich ein schwarzes Sakko gezogen. In der Hand hielt er einen kleinen, lila Blumenstrauß. Schüchtern hauchte er mir einen Kuss auf die Wange.

„Hier", flüsterte er dann leise und drückte mir den Strauß in die Hand.

„Der ist für dich."

Rezept Weihnachtspunsch

Hier findet ihr die Zutaten für einen Himbeer-Weihnachts-Punsch:

Für die Variante ohne Alkohol benötigt man:
1 Liter Apfelsaft
1 Liter Traubensaft rot
3 Esslöffel Himbeer-Sirup
1 Paket Himbeeren tiefgefroren
2 Zitronen
1 Orange
6 Nelken
1 Stange Zimt
1 Prise Muskat

Zubereitung:
Schüttet den Apfelsaft und den Traubensaft in einen großen Topf. Dann gebt den Zitronensaft und den Orangensaft hinzu. Beim Aufkochen-Lassen nach und nach die Gewürze beifügen und gut umrühren. Zum Schluss kommen noch der Sirup und die aufgetauten Himbeeren hinein. Danach bitte den Punsch bei schwacher Hitze zehn Minuten ziehen lassen.

Frohe Weihnachten!

Vorschau: Liebe, Schnee und Kyle

Die Story *von **Seven & Dylan*** ist der Auftakt zu meinem Winterroman*: **Liebe, Schnee und Kyle*** und erzählt die Geschichte von Sevens bester Freundin *Lara* und ihrem neuen Freund **Kyle**!

Klappentext:
Lara und ihr neuer Freund Kyle wollen kurz nach den Weihnachtsfeiertagen ein romantisches Liebes-Wochenende im Schnee verbringen. Kyle scheut keine Kosten und bucht kurzerhand eine Luxus-Suite in einer SPA-Pension. Lara, die selbst aus einem reichen Elternhaus stammt, denkt sich nichts dabei und genießt den Aufenthalt in vollen Zügen. Bis Kyle plötzlich mitten in der Nacht verschwindet. Spuren führen am nächsten Morgen direkt in den nahegelegenen Wald. Wurde Kyle entführt? Eine verzweifelte Suche beginnt …